THE TIME MACHINE

H. G. WELLS

时间机器

［英］赫伯特·乔治·威尔斯 / 著　　顾忆青 / 译

果麦文化 出品

目 录

第 一 章 ········· 001
第 二 章 ········· 015
第 三 章 ········· 024
第 四 章 ········· 033
第 五 章 ········· 049
第 六 章 ········· 074
第 七 章 ········· 082
第 八 章 ········· 092
第 九 章 ········· 103
第 十 章 ········· 113
第 十 一 章 ········· 118
第 十 二 章 ········· 125
尾 声 ········· 134
译 后 记 ········· 136

第一章

时间旅者(方便起见,如此称呼)正向我们阐述一件深奥之事。他灰色的双眸炯炯有神,不时眨眼,素日里苍白的脸颊此刻红光焕发,神采奕奕。炉火烧得正旺,银制百合灯盏中透出白炽灯柔和的光芒,映在我们玻璃杯中泛起又消失的气泡上。我们坐在由他特制的椅子上,这椅子与其说是供人入座,不如说是拥人入怀。我们沉浸在晚餐后闲适的氛围中,任凭思绪恣意徜徉。他一边说着,一边用修长的食指比画重点,而我们则慵懒地坐在那里。他对这番新鲜的奇谈怪论(至少我们如此认为)所表现出的热忱和创见,着实令我们钦佩。

"你们得仔细听我说。我要反驳一两个已经深入人心的共识。例如,老师在课堂上教你们的几何学,其理念基础是错误的。"

"你从这儿说起,未免扯远了吧?"菲尔比说。他满头红发,喜好与人争辩。

"我绝非强迫你们接受任何不经之谈。听我说下去,你们马上就会相信我。众所周知,数学意义上宽度为零的线,是不存在的。老师是这么教你们的吧?同理,面积为零的平面也是不存在的。这些都是抽象概念。"

"的确如此。"心理学家说道。

"仅有长、宽、高的立方体也不存在。"

"这一点我反对,"菲尔比说,"一个实体当然可以存在。一切真实的东西——"

"人们普遍如此认为。不过等一下,一个转瞬即逝的立方体能够存在吗?"

"我没明白你的意思。"菲尔比回答。

"一个存在时间为零的立方体,现实中能够存在吗?"

菲尔比此刻陷入沉思。时间旅者继续说道:"显而易见,任何所谓实体都必须在四个方面具备延展性,包括长度、宽度、厚度,以及——时间。但由于人类与生俱来的弱点,我们往往容易忽视这一事实。这一点我稍后会向你们解释。事实上,万物皆为四维,前三者我们统称为三维空间,而第四维就是时间。然而,人们习惯于在两者之间划上子虚乌有的界限,因为我们的意识自始至终都朝着时间这一维度间歇性运动。"

"没错,"一个年轻人附和道,他就着灯光哆嗦着点燃雪茄,"没错……事实就是这样。"

"人们普遍都对此视而不见,真是匪夷所思,"时间旅者说到这里,兴致更浓了,他继续说道,"其实,这就是所谓的'第四维',尽管有些人提到它,但根本不知所言为何。这只是看待时间的另一种方式。我们的意识始终沿着时间前行,除此之外,时间与三维空间并无本质差异。但有些愚昧之人却持相反看法。你们领教过他们有关'第四维'的高见吧?"

"我还没听过。"市长说。

"简而言之,在我们的数学家看来,空间拥有三个维度,分别是长度、宽度和厚度,通常将三者定义为相互垂直的三个平面。但有些喜好哲学之人却总是在问,为何一定就是三维,为何不能有另一维度与之垂直相交?他们甚至还尝试建立四维几何学。大约一个月前,西蒙·纽康教授[①]

---

* 全书所有注释若无特别说明皆为译者注。
[①] 西蒙·纽康(Simon Newcomb,1835—1909),美国天文学家、数学家,著有《通俗天文学》。

曾向纽约数学协会阐述过这一点。众所周知，在一个二维平面上可以绘制出三维立体效果。以此类推，凡能掌握透视画法，便能在三维模型中构建出第四维。明白了吧？"

"我想是这样的。"市长喃喃地回答。他紧锁双眉，沉浸于反省中，嘴唇翕动，仿佛在默念咒语。过了不久，他若有所悟地说道，"现在我终于想明白了。"

"嗯，不妨告诉大家，我研究四维几何学已有一段时日。不少研究成果颇为奇妙。例如，一个人在不同年龄阶段时的肖像画，包括八岁、十五岁、十七岁和二十三岁等等。这一切显然都是固定不变的片段，可谓是一个人四维存在的三维化表现。"

说到这里，时间旅者稍作停顿，以便众人正确领会他的言论。"科学家们非常清楚，时间只是空间的一种形式。这是一份现在流行的科学图解，是气象记录。我手指着的这条线标明了气压的变化情况。昨日白天气压攀升，夜间回落，今天日间再次上升，直到现在这个位置。我敢肯定，气压计中的水银并未遵循公认的三维空间中任一维度移动。但它必定是沿着某一特定轨迹运动，由此判断，这一轨迹就是时间维度。"

"可是，"医生注视着炉火中一块木炭问道，"如果时间真的只是空间中的第四维，那为何直到如今人们都将其与前三维相区分呢？又为何我们无法像在空间中的其余三维那样，在时间中自由穿梭呢？"

时间旅者微笑着说："你真的认为我们能在空间中自由穿梭吗？人们可以前后左右任意移动，我们平常都这么做。我承认我们确实能在二维空间中移动自如，但我们能够上下移动吗？受到地心引力制约，我们只能待在地面。"

"并不尽然，"医生说道，"可以借助气球。"

"可是在发明气球之前，除了间或跳跃，以及地面不平整之外，我们绝无可能自由上下移动。"

"尽管如此，人们还是能够略作上下移动的。"医生回答。

"向下移动要比向上容易，而且容易得多。"

"但是你根本无法在时间中移动，无法离开此时此刻。"

"亲爱的先生，您错就错在这里，这也是所有人都犯的错误。其实我们经常脱离当前这一时刻。我们的精神存在是非物质性的，虽然没有任何维度表现，但从我们出生到死亡，它始终沿着时间这一维度匀速前行。如同我们的物理存在一样，如果生来就在五十英里高空，终究也将落归地面。"

"但这正是问题所在，"心理学家打断了他，"你能够朝空间中的任意方向移动，却无法在时间中穿梭。"

"这正是我伟大发现的灵感源泉。你说我们无法在时间中移动，真是大错特错了。例如，倘若一件往事栩栩如生地浮现在我脑海，我便身临其境地回到当初它发生的那一时刻：诚如你所言，我变得心不在焉，暂时穿越到了过去。当然，即便想在过去停留哪怕片刻，我们也无能为力，正如野人和动物绝不可能悬停于六英尺高空一样。不过在这方面，文明人要远胜于野人，他能够乘坐热气球升空，摆脱地心引力束缚。既然如此，他为何不能指望自己终有一天能够在时间这一维度中停止或者加速前进，甚至转过身来逆向后退呢？"

"哦，这，"菲尔比开口道，"是完全——"

"为什么不？"时间旅者反问道。

"这有违常理。"菲尔比说。

"是何常理？"时间旅者问。

"你尽可以花言巧语、颠倒黑白，"菲尔比说，"但你无法说服我。"

"也许是不能吧,"时间旅者说,"但你现在已经逐渐认识到我研究四维几何学的目的了。很早以前,我就隐约构想着,要发明一种机器——"

"在时间中旅行!"年轻人惊叫道。

"人们驾驶着它,便能随心所欲穿梭时空。"

菲尔比对此付之一笑。

"我有实验为证。"时间旅者强调说。

"对历史学家而言,这倒是提供了不少便利,"心理学家如是建议,"例如,他可以重回过去,对黑斯廷斯战役①的公认记载进行一番考证。"

"难道你不觉如此穿越会引人注目吗?"医生问道,"我们的祖先可无法接受任何时空错乱。"

"兴许能获得荷马和柏拉图的口授真传,掌握希腊语。"年轻人思忖着。

"果真如此的话,你的学位初试恐怕无法及格了。德

---

① 黑斯廷斯战役(Battle of Hastings):诺曼征服英格兰(Norman conquest)中最具决定性的一场战役。1066年10月14日,诺曼底公爵威廉一世(即"征服者威廉")的军队在黑斯廷斯击败国王哈罗德二世的盎格鲁—撒克逊军队,成功夺取英格兰王位,英国由此进入诺曼王朝时代。

国学者已经对希腊语进行了改良。"

"还有未来呢,"年轻人说道,"想象一下,人们会倾其全部家当用以投资,让其生息盈利,然后飞速抵达未来享用!"

"继而发现,未来社会,"我说,"有着鲜明的共产主义色彩。"

"尽是些夸夸其谈!"心理学家嚷道。

"的确,我原本也这么认为,因而从未提起此事,直到——"

"被实验证明了!"我叫了起来,"你真要去证明它吗?"

"实验!"菲尔比喊道,他已听得有些晕头转向。

"无论如何,让我们见识下你的实验吧,"心理学家说,"尽管你也清楚这不过是胡言乱语。"

时间旅者朝我们微微一笑。随后,他面带笑意,双手深插裤袋,慢悠悠地踱步出门,只听见他趿拉拖鞋的脚步声。他沿着长长的过道,走向实验室。

心理学家望着我们说道:"真不知他葫芦里卖的什么药?"

"变个戏法罢了。"医生如是评价。菲尔比正打算向我们讲述他在伯斯勒姆①遇见的一位魔术师,可还没说完开头,时间旅者就回来了。他只得作罢,不再续说这桩轶闻。

只见时间旅者手中拿着一件锃亮的金属装置,与小型座钟大小相当,做工精致,里面镶嵌着象牙和某种透明的水晶状物质。现在,我得把一切交代清楚,因为接下来所发生的事情绝对令人匪夷所思——除非时间旅者能做出令人信服的解释。实验室里摆放着几张八角桌,他搬起一张置于壁炉前,两条桌腿立在炉火前的地毯上。他将金属装置放在桌上,拖来一把椅子,坐了下来。桌上还摆着一盏带灯罩的小台灯,照得那件模型装置闪闪发亮。屋内还点着十几支蜡烛,两支插在壁炉架上方的铜烛台中,另外几支则插在四周的壁挂烛台里,整个房间灯火通明。我坐在最靠近壁炉边的一把低矮扶手椅上,又将其稍向前挪,几乎就坐在时间旅者和壁炉中间。菲尔比坐在他身后,越过他的肩膀向前张望。医生和市长坐在时间旅者的右侧朝他看,心理学家则在左侧,背后是年轻人。我们各个都全神

---

① 伯斯勒姆(Burslem):英国斯塔福德郡的一座城市,位于英格兰西部。

贯注。依我之见，在这种情况下，无论构思多么高明，手法多么巧妙，任何把戏似乎都难以瞒天过海。

时间旅者瞧了我们一眼，又看了看那件金属装置。

"怎么样？"心理学家问道。

"这件小玩意儿，"时间旅者一边说着，一边将胳膊撑在桌面上，双手按住金属装置，"还只是个模型。我的计划是发明一台能够穿越时间的机器。你瞧，它的外观十分歪斜，这条横杆亮光闪烁，模样古怪，不像是真的。"他指了指那个部件如是说："这边还有一根小型白色操纵杆，那边是另外一根。"

医生站起身来，朝这件装置端详了一番。"确实很精美。"他赞叹道。

"我花了两年才做成。"时间旅者回应道。随后，我们都跟着医生站起来打量这件装置。他又说："现在，请你们听清楚，只要按下这根操纵杆，这台机器就能抵达未来，如果按那根则将回到过去。这件鞍具充当时间旅者的驾驶座。我马上就要按下操纵杆，一松手这台机器就将驶离。它会进入未来时间，消失得无影无踪。各位可要看好了，再仔细检查下桌子，确保没有做过手脚。我可不想白忙一场，浪费了这件模型，到头来还被视作江湖骗子。"

众人一言不发，大约过了一分钟。心理学家似乎想对我说些什么，但欲言又止。接着，时间旅者将手指伸向操纵杆。"不行，"他突然说道，"你的手借我一用。"他转身面朝心理学家，抓住对方的手，让其伸出食指。因而，确切而言，是心理学家将这件时间机器模型送入了永无止境的穿越之旅。我们都亲眼看见操纵杆转动，我可以肯定绝无任何弄虚作假。一丝微风袭来，灯光摇曳，吹灭了壁炉架上的一支蜡烛。只见这台机器模型顿时旋转起来，变得模糊不清，瞬间恍如幻影，好似泛着微光的黄铜和象牙转成的漩涡。机器不见了——消失得无影无踪！桌上空空如也，徒留一盏台灯。

屋内鸦雀无声。沉默片刻，菲尔比喊道："真是见鬼了。"

心理学家从恍惚中回过神来，赶紧朝桌子底下看了看。见此番情景，时间旅者开怀大笑。"怎么样？"他以心理学家先前的口吻说道。随后，他起身走到壁炉架上的烟丝罐前，背对着我们，向烟斗里塞起烟丝来。

我们面面相觑。"听着，"医生说，"你可是当真？你真的相信那台机器已经穿越时间吗？"

"当然！"时间旅者说着，俯身靠近炉火，点燃一卷纸捻。接着，他转过身来，点燃他的烟斗，正视着心理学家。（心理学家故作镇定，掏出一支雪茄，连茄帽都未剪，就试图点燃。）"此外，我还制作了一台大机器，即将完工，就在那里，"他指了指实验室说，"一旦安装完毕，我打算亲自体验一番时间之旅。"

"你的意思是那台机器已经抵达未来了？"菲尔比问。

"可能是未来，也可能是过去——我不敢肯定是哪个方向。"

没过多久，心理学家灵机一动说道："倘若它确实已经穿越时间的话，那一定是回到过去了。"

"此话怎讲？"时间旅者问道。

"假设它未曾发生空间位移，如果它要抵达未来，势必此时还在这里，因为只有经过现在才能去往未来。"

"可是，"我说，"如果它已回到过去，那么当我们刚进这个房间时就应该能看见它。上周四我们在这里时，还有上上周四，等等，都应该能见到它。"

"反驳有理。"市长如是评价。他转身面朝时间旅者，摆出一副不偏不倚的架势。

"根本不是这样，"时间旅者说着转向心理学家，"你想想，这你能给出解释。它的出现时间少于肉眼可见的极限,因而难以觉察。"

"的确如此,"为了打消我们的疑虑,心理学家解释道,"这是心理学上的一个基本观点,我早该想到。令人欣喜的是,它通俗易懂,足以解释这个似是而非的异象。我们无法看见时间机器,更无法欣赏它,正如我们看不见飞速旋转的轮轴,看不见空中飞过的子弹一样。假设时间机器的行驶速度比常人快五十倍或是一百倍,它行驶一分钟的话,我们才过了一秒钟。如此一来,我们所能看到它存在的时间,就只是它在常态下的五十分之一或者百分之一。道理就是这么简单。"他伸手在刚才放置机器模型的地方比画了一下。"你们听懂了吗?"他笑着问道。

我们坐了下来,望着空空如也的桌面,凝视片刻。随后,时间旅者问我们做何感想。

"对今晚而言,这听起来似乎合情合理,"医生说,"但还得等到明天,明天大家清醒后再做定论。"

"你们想见识一下真正的时间机器吗?"时间旅者问道。说着,他手执烛灯,领着我们沿通风长廊走到他的实验室。我依然清晰地记得摇曳的灯光下,他那宽大脑袋的古怪廓形,以及众人晃动的身影;还记得我们是如何将信将疑地跟着他走进实验室,又是如何亲眼看到那台消失在我们眼前的机器模型的大号翻版。这台大号机器有些部件是镍制的，有些是象牙的，还有些则是由水晶岩加工而成。机器已基本完工，不过一些弯曲的水晶横杆尚未安装到位，仍摆在工作台上，一旁还放着几张图纸。我拿起一根横杆凑近一瞧，发现它应该是由石英做成的。

"嘿，"医生说，"你这是认真的吗？还是又想要什么把戏——就像去年圣诞节你当着我们的面变出鬼魅一样？"

"我想驾驶这台机器，"时间旅者高举烛灯说道，"去探索时间。我讲得够明白了吧？我这辈子从未如此认真过。"

众人不知该如何作答。

我的视线越过医生的肩膀，与菲尔比四目相对。他一脸严肃地对我使了个眼色。

第二章

在我看来，当时谁都不相信会有时间机器这回事。原因在于，时间旅者聪明过了头，到了令人难以置信的地步：你总觉得无法看透他的心思，在他真诚坦率的表象之下，你会怀疑他还有所保留，甚至别有用心。倘若让菲尔比来演示那台机器模型，并用时间旅者的那番话来做解释，我们恐怕就不会如此满腹狐疑。因为他的任何动机我们都能一眼看穿，就连肉贩屠夫也能明白。然而，时间旅者天生就乐于异想天开，我们无法对他笃信不疑。一件原本能使不如他聪明的人声名鹊起的事情，到他手中便成了看似骗人的把戏。做事太过轻而易举并非好事。那些一本正经与他认真相待的人，从来摸不透他的一举一动。他们或多或少都已意识到，尽管他们有明察善断之能，但倘若要对时间旅者充分信赖的话，就如同用薄胎瓷器装点托儿所，可谓危如累卵。所以，从那个周四接下来的一个星期里，我们谁也没有多提时间旅行这件事。但毫无疑问，它潜在的可能性仍在我们脑海中挥之不去：确切来说，也就是貌似合理实则难信，可能造成时代错置，乃至极度混乱的后果。而我呢，则一门心思地想弄明白这机器里的奥妙。我还记得上周五在伦敦林奈学会①遇见医生时，和他进行过一番讨论。他表示自己曾在图宾根遇到类似的事情，并特别强调蜡烛熄灭这一环节暗藏玄机。但究竟这个把戏是如何完成的，他还是无法解释。

接下来的那个周四，我再次前往里士满②——我想我应该算得上是时间旅者的常客了。由于我到得较晚，客厅里已聚集着四五个人。医生站在壁炉前，一只手拿着一张纸，一只手握着他的手表。我环顾四周，寻找时间旅者的身影。

"现在已经7点半了，"医生说，"我看我们先开饭吧？"

"怎么不见——？"我问，意在询问主人身在何处。

"你刚到吧？真是怪事，想必他是不得已被耽搁了。他留了张便条，告诉我如果7点前他还未归，就先招呼大家用餐。说等他回来再做解释。"

---

① 伦敦林奈学会（The Linnean Society of London）：成立于1788年，为纪念瑞典博物学家林奈（Carl Linnaeus）而创建，是世界上历史最悠久的生物学会，位于英国伦敦皮卡迪利街的伯灵顿官。
② 里士满（Richmond）：英国北约克郡的一座城市。

"有饭不吃怪可惜的。"一位知名日报的编辑说。于是,医生摇响了用膳的铃声。

除了医生和我,在座的便只有心理学家一位曾出席过上周的晚宴。其余在场的人分别是前面提到的编辑布兰克、一名记者,还有一位沉默腼腆、蓄着胡须的男人——我与他素不相识,据我观察,当晚他自始至终都缄口不语。餐桌上,众人纷纷猜测时间旅者缺席的原因,我半开玩笑地提及了时间旅行。编辑让我们解释一下,心理学家自告奋勇,对我们那天亲眼所见的"精妙谬论和神奇把戏"做了一番乏味的描述。他正说得起劲,通往走廊的那道门悄无声息地被缓缓打开。我正对着门,因而最先留意到门被打开。"你好啊!"我说,"你终于回来了!"此时,门开得更大了,时间旅者就出现在我们面前。我惊叫起来。"天哪!怎么回事?"医生第二个看见他,也叫着问道。就在这时,餐桌上的人都扭头朝门口望去。

只见时间旅者一副狼狈不堪的模样,外套落满灰尘,袖口染上绿色污渍,头发蓬乱,比以往更显斑白——不知是被灰尘弄脏的缘故还是真的褪色了。他脸色惨白,下巴还有道未愈合的褐色伤疤,显得神情憔悴,形容枯槁,仿佛历经劫难。他在门口踌躇片刻,似乎是被灯光晃花了眼。随后，他步履蹒跚地进了门，就像是个走得脚疼的流浪汉。我们默默地望着他，期待他开口说话。

他一声不吭，费力地走到桌边，朝酒瓶做了个手势。编辑斟满一杯香槟递了过去。他一饮而尽，这才看起来精神许多：他朝四周打量了一番，嘴角露出一丝惯常的微笑。"嘿，你究竟到哪里去了？"医生问。时间旅者似乎没有听见。"别让我搅了你们的兴致。"他说，声音略显颤抖。"我没事，"他停顿了下，伸手又要了杯酒，再次一饮而尽。"这酒不错。"他说。只见他双眸愈发明亮，脸颊泛起红光。他朝我们扫了一眼，目光中流露出赞许之意，然后环视了一下温暖舒适的房间。他接着开口说，但仿佛仍不知该说什么。"我先去洗漱，换身衣服，等会下楼来向你们解释……别忘了给我留些羊肉，我实在饿极了，就想吃肉。"

他瞅了编辑一眼。这可是位稀客，他希望对方没被自己的模样吓到。编辑向他提了个问题。"等会儿回答你，"时间旅行者说，"真是见笑了。我马上就好。"

他放下酒杯，径直向楼梯间的那道门走去。只见他又是一瘸一拐的样子，步伐软弱无力。我站起身来，在他出门时正好看清了他的双脚。他脚上只穿着一双破烂不堪的袜子，上面血迹斑驳。他一出去，门就合上了。我本打算跟出门看个究竟，可一想到他厌恶别人为他的事情小题大做，就打消了念头。我正在胡思乱想中，听到编辑在嘴里念叨着"著名科学家的非凡壮举"，想必他一定是（出于职业敏感）在酝酿新闻标题。我的注意力又回到了气氛热烈的餐桌上。

"这是什么游戏？"记者问，"难道是扮演'业余乞丐'？我不明白。"我与心理学家面面相觑，从他的神情中能看出他与我所见略同。我回想起时间旅者步履蹒跚艰难上楼的情景，以为其他人都未曾注意到他的跛脚。

最先从惊讶中回过神来的是医生，他摇响用膳铃示意上热菜——时间旅者不喜欢让仆人等在餐桌旁伺候。编辑咕哝着拿起刀叉，那个沉默者也跟着吃了起来。晚餐继续进行，时而能听见有人大呼小叫，间或又有几声啧啧惊叹。编辑实在按捺不住自己的好奇心。"我们这位朋友是靠行乞弥补自己微薄的收入吗？还是和尼布甲尼撒二世①

---

① 尼布甲尼撒二世（Nebuchadnezzar II，约公元前634—前562年），古巴比伦国王，因建成空中花园而为人赞颂，曾发兵先后征服叙利亚和巴勒斯坦，攻占耶路撒冷，摧毁所罗门圣殿。

一样遭受放逐之苦？"他问道。"我敢肯定这与时间机器有关。"我接着心理学家先前的话题，描述起上周聚会的情景。几位新来的客人纷纷表示难以置信。编辑提出质疑："时间旅行究竟是什么？难道能在荒诞的悖论中滚得满身是灰吗？"说着，他似乎转念想起什么，语带嘲讽地说道："难道未来的人们不用洗衣刷吗？"记者也无论如何不愿相信，他附和编辑，一起对此极尽嘲讽之能事。他们都属于新闻界的新生代，年轻人天性乐观，有些玩世不恭。"据《后天报》特约通讯员报道……"记者正说着，更确切地说是叫嚷着，时间旅者回来了。他穿着一身惯常的晚礼服，除了面容依旧憔悴之外，刚才令我吃惊的狼狈模样已荡然无存。

"我说，"编辑打趣地问，"这些家伙告诉我，你穿越到下周去了！说说小罗斯伯里①吧？你认为他的前途命运如何？"

时间旅者一声不吭，径直走向那个留给他的座位，露

---

① 小罗斯伯里：阿奇博尔德·菲利普·普里姆罗斯（Archibald Philip Primrose，1847—1929），即罗斯伯里伯爵五世（5th Earl of Rosebery），英国自由党政治家，曾任英国首相。

出一贯沉静的微笑。"羊肉在哪里?"他说,"能再用刀叉吃肉,简直太棒了!"

"快说故事!"编辑喊道。

"去你的故事!"时间旅者回应道,"我想吃东西。不填饱肚子,我是不会说的。请给我加些盐,谢谢。"

"就问一句,"我说,"你是去时间旅行了吗?"

"没错。"时间旅者边说边点头,嘴里塞满食物。

"倘若你一字不差地记录下来,我愿以每行一先令的价格付给你报酬。"编辑说。时间旅者把酒杯推到沉默者面前,用指甲盖敲了敲。沉默者一直盯着时间旅者的脸,被这声响一惊,赶忙为他斟酒。晚餐接下来的气氛有些尴尬。对我而言,心中有一连串的疑问不吐不快,恐怕在座的其他人亦是如此。记者讲起海蒂·波特[①]的逸闻,试图缓和这紧张的气氛。时间旅者则始终埋头吃饭,像是饿慌了的流浪汉。而医生一边抽烟,一边眯起眼注视着时间旅者。此时,沉默者似乎比以往更显笨拙,只见他一杯接着一杯喝着香槟,以此掩饰内心的惴惴不安。终于,时间旅

---

① 海蒂·波特(Hettie Potter):可能是指英国女演员Hetty Potter,曾主演喜剧默片《我们的新警察》(*Our New Policeman*, 1906)。

者推开餐盘，环视着众人说："实在对不起，刚才我的确是饿坏了。我的此番经历简直太不可思议了。"他伸手拿了一支雪茄，剪掉茄帽，"但还是请你们随我到吸烟室①去。这个故事得说好久，总不能面对油腻的餐盘吧！"于是他领我们走进隔壁的房间，途中顺手摇响了铃声。

"想必你已经和布兰克、达什和乔斯提起过时间机器的事了吧？"他靠在安乐椅上对我说，讲出了三位新客人的名字。

"可听起来荒谬至极。"编辑说道。

"今晚我不和你们争辩。我可以把整个故事告诉你们，但我不想辩驳。"时间旅者接着说，"如果你们愿意听我说，我会将来龙去脉全部娓娓道来，但请别打断我。我想诉说一切，我很想说。尽管大部分听起来就像是信口开河，但事实的确如此！千真万确——句句属实。当时是下午4点，我还坐在实验室里，然而从那以后……我度过了八天……前所未有的日子！我现在几乎已经精疲力竭，

---

① 吸烟室（smoking room）：19世纪中叶，抽烟成为上流社会趋之若鹜的风尚之一。在私人宅邸中，往往设有专门的吸烟室。晚餐过后，绅士们离开餐厅，聚集在吸烟室中继续聊天，并将晚礼服换成更为舒适的吸烟装等便服，以免礼服沾染烟尘。

可我得把一切都告诉你们才能安心入睡。但不准打断我！同意吗？"

"同意。"编辑说。众人随声附和道:"同意。"于是，时间旅者开始讲述我接下来记录的这个故事。他起初还靠在椅子上，一副疲惫不堪的模样，后来他越讲兴致越浓。写下这个故事时，我深感笔墨之有限，往往言不尽意——但归根结底是自身黔驴技穷，难以淋漓尽致地道出全部精彩。想必你们一定在聚精会神地阅读这个故事，但你们无法亲眼见到，明亮的灯光下讲述者那苍白而又真诚的面容，也无法亲耳倾听他那抑扬顿挫的语调，更无从知晓随着情节跌宕曲折他那起伏变化的神情！由于吸烟室里没有点亮蜡烛，灯光只能照到记者的脸和沉默者的小腿上，多数人都坐在阴影之中。起先我们还不时相互张望，但没过多久，我们都目不转睛地注视着时间旅者的脸庞。

第三章

"上周四,我向你们中的几位介绍了时间机器的原理,并且参观了实验室里即将完工的实物。这就是那台机器,刚完成旅行,略有些磨损。除了一根象牙横杆开裂,一根黄铜扶手弯折之外,其他都完好无缺。我原本计划在上周五完工,可那天快完成安装时,我发现一根镍制杆短了整整一英寸,只得重做。因此,直到今天早晨我才完成全部工序。上午十点,第一台时间机器正式落成。我最后又检查了一遍,确认所有螺丝已拧紧,给石英横杆再加上一滴润滑油,然后坐上驾驶座。我就像是拿枪抵着脑袋的自杀者,不知道接下去会发生什么。我一手握住启动杆,一手握住制动杆,先按下启动杆,立即又按下制动杆。刹那间仿佛天旋地转,我恍如噩梦般坠落。随后,我环顾四周,实验室还是如往常一样,并无变化。难道发生了什么事?一时间我不禁怀疑自己是否神志不清。接着,我注意到那台时钟。就在刚才,指针还指在大约10点01分,可现在已经将近3点半了!

"我深吸了一口气,咬紧牙关,双手紧握启动杆,只听砰的一声,机器启程了。实验室里烟雾弥漫,一团混沌。此时,沃切特太太进了门,径直朝花园走去,显然没有看见我。我预计她穿过那里大约需要一分钟,但我所见的是,她以火箭般的速度从房间飞驰而过。我将启动杆按到最底端。夜幕降临,如同熄灯一般,而后一转眼又到了明天。实验室里变得越来越暗,视线愈发模糊。明夜随即到来,接着又是白昼、黑夜、白昼……昼夜更迭不断加快。一阵机器旋转的低鸣声不绝于耳,一种诡异而又难以名状的慌乱感涌上心头。

"若论时间旅行时的奇特感受,恐怕只可意会,不可言传。那实在是一种难受的体验,就像坐在高速俯冲的过山车上,处处身不由己;同时,我还时刻提心吊胆,预感自己将要摔得粉身碎骨。当我加速前进时,昼夜更迭恍如黑色的羽翼在拍打。实验室在我的视线中越来越模糊,似乎即将离我远去。我看见太阳从天空飞快掠过,每分钟掠过一次,而每分钟就标志着新的一天。我认为实验室已经被摧毁,于是来到屋外。我似乎隐约见到了脚手架,可我移动速度太快,无法看清一切移动物体。就连行动最迟缓的蜗牛也在我眼前一晃而过。昼夜更迭忽明忽暗，让人双眼疼痛难耐。在时隐时现的黑暗之中，我看见月亮飞旋，月相迅速由缺转盈，依稀望见星移斗转、夜空浩瀚。没过多久，我继续加速前进，昼夜疾速交替幻化成一片绵延不断的灰色。天空呈现出壮观而深沉的湛蓝，有如破晓时分那般瑰丽明亮。太阳喷薄而出，在天边划过一条耀眼的火光，形成一道夺目的弧线。而月亮则宛若一缕影影绰绰的飘带，星辰无迹可寻，仅能望见蓝天中时而闪烁的光环。

"眼前雾霭缭绕，景色迷茫混沌。我仍置身于这所房子坐落的山坡上，只见山峦高耸，四周灰暗朦胧。树木生长变化恍如股股蒸汽，忽而枯黄，忽而翠绿；它们不断生长，**繁茂**，枯萎，直至死亡。高楼大厦拔地而起，若隐若现，又如梦幻般消失。整个地表似乎都变得面目全非——在我眼前融化流淌。机器仪表盘的小指针转得越来越快。不一会儿，我注意到日照轨迹变得忽上忽下，不到一分钟的时间里，就从夏至到了冬至。由此可见，我的行驶速度已达到每分钟相当于至少一年的地步。时间一分一秒地流逝，冬雪在大地飘零又融化，随之而来的是阳光明媚、绿意盎然的春天。

"启程时的不适感此刻已不再那么强烈，取而代之的是歇斯底里的兴奋。不知何故，我发现机器始终在摇晃，显得相当笨拙。可是，我大脑一片混乱，已无暇顾及。我带着近乎疯狂的心绪，一鼓作气驶向未来世界。起初，我还沉醉于种种新奇感受之中，并未想到该停下来。可不久之后，一连串新的念想浮现在我脑海——某种好奇心，以及与之相伴的某种恐惧感——它们最终彻底控制了我。世界从我眼前疾速闪过，模糊不清而又捉摸不定，我密切观察着它，却不禁在想，还有什么人类社会的奇妙发展，还有什么初阶文明的非凡进步，是不可能发生的呢！我目睹伟大壮观的建筑在身边拔地而起，比我们这个时代的任何建筑都更雄伟巍峨。然而，它们是如此渺茫不清，恍若海市蜃楼。我亲眼看到郁郁葱葱的绿树在山坡渐次生长，枝繁叶茂，丝毫未受寒潮侵袭。尽管此时我仍有些晕头转向，但地球在我眼中是如此美丽动人。于是，我决定停下不再前进。

"可要想停下，就得冒着特别的风险。其风险在于，我和机器所占据的空间里可能存在某种其他物质。只要我在时间中保持高速行驶，这就无关紧要。换言之，我已经被彻底分解，像蒸汽一样能够穿过错综复杂的物质缝隙！可是我一旦停下来，构成人体的分子不得不逐一挤压前方的任何障碍物。这意味着我和障碍物之间在原子结构层面将发生密切接触,继而可能导致复杂的化学反应——恐怕会引发一场剧烈爆炸,把我和时间机器炸到九霄云外,进入未知幻境之中。当我制造这台机器时,这种可能性就反复困扰着我。但我最终欣然接受,并将其视为不可避免的风险——这是人类必须承担的诸多风险之一。这种危险现已命中注定,我无法再继续保持乐观。事实上,未知事物带来的极度陌生感,机器令人作呕的轰鸣与颠簸,尤其是长时间坠落造成的失重感,都令我不自觉地陷入神经错乱之中。我告诫自己绝不能停下来,但一怒之下,我还是决定马上停下来。我像是个急不可耐的傻瓜,用力猛拉操纵杆,机器立刻失去控制,不断在原地打转,把我一下甩向半空。

"一声霹雳在我耳畔震响。一时间,我被震得头晕目眩。无情的冰雹在我身旁刷刷作响。我正坐在一片柔软的草地上,时间机器翻倒在我面前。周遭看起来仍是灰茫茫一片,但我注意到耳边的嘈杂声此时已经消失。我环顾四周,发现自己似乎身处某个花园里一块面积不大的草坪上,周围环绕着杜鹃花丛。冰雹倾泻而下,深浅不一的紫色花瓣纷纷零落。弹跳跃动的冰雹悬浮于时间机器上方的云层，像烟云那般掠过大地。转眼之间，我已浑身湿透。'这可真是热情好客，'我感叹道，'竟如此招待一个穿越漫长岁月来拜访你们的人。'

"我顿时觉得自己像个傻瓜，竟任凭雨水淋湿自己。倾盆大雨中，我起身朝四周望去，透过蒙眬的视线，依稀可见一尊由白色石块雕琢而成的巨型塑像，赫然矗立在杜鹃花丛中。除此之外，便什么也看不清了。

"我难以形容当时的感受。随着冰雹强度逐渐减弱，白色石像变得清晰可见起来。石像非常高大，旁边那棵白桦树的高度只与其肩部相当。石像由白色大理石雕成，形状如同长着翅膀的狮身人面像[1]，但翅膀并未合拢垂在两侧，而是完全张开，仿佛正展翅翱翔。底座看似是由青铜铸就，表面已有厚厚一层铜锈。石像的正面恰好与我相对，空洞的眼神似乎在注视着我，嘴角还挂着一丝浅浅的微笑。由于饱经风雨侵蚀，石像显露出令人不悦的病态。我伫立在那里打量了一会儿——大约有半分钟，也可能是半小时。冰雹忽强忽弱，这尊石像仿佛也随之时进时退。终于，我将目光转向别处，只见漫天冰雹已渐次消散，天

---

[1] 狮身人面像：即斯芬克斯（Sphinx）。

CHAPTER Ⅲ

空逐渐放晴,预示着太阳即将出现。

"我再次仰望那尊蹲坐着的白色石像,突然意识到此行是如此鲁莽。雨水停歇,云开雾散之后,将会发生什么?对人类而言,又有何事是不可能的呢?如果人人都变得残忍成性,我们将何去何从?如果在此期间,人类丧失人性,变得麻木不仁,冷漠无情,乃至凶猛无比,我们又将何去何从?我或许就像是某种远古时代的野兽,恐怕模样只会更可怖,更令人生厌——如同一只遭受肆意屠杀的牲畜。

"此时,我望见另一些庞然大物——杆栏交错、立柱参天的高楼大厦,和植被茂密的山坡。暴风雨逐渐减弱,我隐约感到它们正悄悄向我逼近。我惊恐万状,拼命跑向时间机器,企图竭尽所能将其修复。此时,阳光已经穿破风雨重围,灰蒙蒙的雨雾被驱散一空,犹如幽灵的曳地长袍,消失得无影无踪。在我头顶上方,那夏日湛蓝的晴空里,盘旋着的几缕浅褐色乌云,亦渐次散去。矗立在我周围的高楼大厦,变得清晰可见,因雨水未干而被阳光映照得闪闪发亮,尚未融化的冰雹堆积在砖瓦之间,更是将整栋建筑衬托得格外洁白耀眼。身处这个全然陌生的世界里,我深感无依无靠,仿佛碧空中飞过的一只孤鸟,明知老鹰已在头顶盘旋,并将随时扑向自己。我的恐惧达到近乎疯狂的地步。我稍事休整,然后咬紧牙关,再度手脚并用,用尽全力抓牢时间机器。终于,它经不住我拼命折腾,被翻过身来,猛地撞到我的下巴。我一只手扶着驾驶座,一只手握紧操纵杆,气喘吁吁地准备再次坐上机器。

"然而,当我从这场仓促的撤退中回过神来时,我也恢复了勇气。我满怀好奇,打量着这个遥远的未来世界,心中少了几分恐惧。我看见附近一栋高楼的外墙上,开着一扇圆形窗户,里面站着一群身穿华丽柔软短袍的人。他们也瞧见了我,转身朝我张望。

"接着,我听到一阵声音由远及近。只见白色狮身人面像附近人头攒动,奔跑着纷纷穿过旁边的灌木丛,其中一个人就出现在通往草坪的小径上,朝着我和时间机器的方向而来。他身形矮小,大约仅有四英尺高,身穿紫色无袖短袍,腰间束着皮带,脚上穿着不知是凉鞋还是厚底靴[1],我难以分辨。他裸露着小腿,头上没戴帽子。看着他这身打扮,我才意识到这里的天气是多么暖和。

---

[1] 厚底靴(buskin):也作"罗马靴"。古希腊古罗马时期戏剧演员、猎户和士兵所穿的一种凉靴。

"他仪表堂堂，风度翩翩，但又有着难以名状的孱弱之感，着实令我印象深刻。他面色潮红，令我想起肺病患者脸颊那种更动人的红晕——就是我们耳熟能详的病态美。见到他的模样，我顿时又自信满满，将双手从机器上松开。"

第四章

"他面带笑意,径直朝我走了过来。转眼间,我就和这位来自未来世界的小矮人面对面站在一起。令我惊讶的是,他居然毫无任何畏惧的神情。然后,他转身用一种古怪而又悦耳的语言,与身后两位同伴流利地交谈起来。

"其他人也随之而来。不一会儿,有十来个小巧玲珑的矮人将我团团围住,其中一个人还向我打招呼。奇怪的是,我突然意识到,对他们而言,我的声音显得过于低沉刺耳。于是我摇了摇头,指着自己的耳朵,又摇了摇头。他向前迈了一步,迟疑片刻,然后碰了碰我的手。此时,我感到后背和肩膀也有许多柔软的小手在触摸。他们试图确认我是否真实存在,倒也无需大惊小怪。在这些漂亮的小矮人身上,确实有着某些令人信赖的品质——他们温文儒雅,亦如孩童般无拘无束。然而,他们又是如此脆弱,我觉得自己能像打九柱球①

---

① 九柱球(nine-pins):现代保龄球运动的前身。

那样把他们十几个人掀翻在地。不过,当我看见他们的粉色小手触碰时间机器时,我赶紧做了个手势,以示警告。我突然意识到一个此前被我忽视的危险,万分侥幸的是,一切还为时未晚。我伸手拧下机器的启动杆,装进我的口袋。接着,我转过身去,寻思着该用何种方式和他们交流。

"这时,我更加仔细地观察他们的容貌。在他们如德累斯顿瓷器①般精致的外表上,我进一步发现了其他特征。他们留着清一色的鬈发,与脖颈齐高,紧贴双鬓,脸上没有半根毫毛,耳朵小得出奇。他们的嘴巴也相当袖珍,双唇薄而红润,下巴很尖。但他们倒是浓眉大眼,眼神温柔——也许是我妄自尊大的缘故,即便如此,他们也不及我期待的那样有趣。

"他们并未尝试与我交流,只是静静地站在我身旁朝我微笑,彼此轻声细语地交谈着。于是,我便主动开口说话。我先指了指时间机器,又指了指自己,踌躇着该如何描述'时间',最后我指了指太阳。一位相貌英俊的小矮人,身穿紫白相间格子短袍,顺着我手指的方向,模仿了一声雷鸣,令我惊讶不已。

---

① 德累斯顿(Dresden):德国萨克森州首府,以盛产瓷器著称。

CHAPTER IV

"一时间,我竟不知所措,尽管他所表达的意思已经显而易见。我脑海中浮现出一个疑问:难道他们都是弱智?你们也许无法明白我为何会这样想。一直以来,我都如是设想,八十万两千多年后的人类,在学识、艺术或是其他任何领域,都应该远远超过我们的时代。然而,他们之中有人居然问了我这样一个问题——你是不是乘着暴风雨从太阳上下来的?这说明他们的智商仅相当于我们五岁的儿童。我原先看见他们的衣装、无力的四肢和纤弱的身形时,就已心存疑虑,这下果然证实了我的判断。一股失望之情油然而生,我顿时觉得建造这台时间机器纯属徒劳之举。

"我点点头,指着太阳,惟妙惟肖地模仿了一声雷鸣,把他们吓了一跳。他们全体后退了一步,向我鞠躬致意。然后,有个人面带微笑地向我走来,手里捧着一串我从未见过的美丽鲜花,戴在我的脖颈上。这一创意博得众人热烈的喝彩声。他们立刻前赴后继,纷纷跑去采摘鲜花,并笑容满面地把花抛在我的身上,直到我差点淹没于花海之中。如果你们没有亲眼见到这一场面,恐怕难以想象漫长的文明演进所孕育的,是何等娇嫩奇妙的花朵。接着,有人建议应将他们的'玩物'摆到距离此处最近的楼宇里展览。于是，他们领着我经过那尊白色大理石狮身人面像——这石像似乎始终面带微笑，注视着我惊讶的神情——朝一座由灰色回纹砖砌成的巨型大厦走去。一路上，我想起自己曾经满怀信心地期盼，人类的后代应当既肃穆端庄又高度智慧，不禁甚觉可笑。

"这座大厦规模宏伟，入口非常开阔。我的注意力自然而然地被蜂拥而至的小矮人所吸引，还有那些张开巨口、幽暗而神秘的大门。我越过这些小矮人的头顶望去，对眼前这个世界有了总体的印象。这是一片灌木丛生而繁花盛开的荒地，是一座无人问津却不见杂草的花园。我看见许多奇妙的白色花朵，花穗高耸，花瓣约有一英尺宽，颜色苍白。他们恣意生长，如野花一般，散布于斑驳的灌木丛中。然而，如我所言，当时我无暇看个究竟。而时间机器则被遗弃在那片被杜鹃花丛环绕的草地上。

"入口处拱门上的雕刻十分精美，可我显然顾不上仔细欣赏，只记得当我经过时，曾看见一些类似古代腓尼基①

---

① 腓尼基（Phoenicia）：地中海东岸的文明古国，亦称"迦南"，存在于公元前1200—公元前539年，分布在现今黎巴嫩和叙利亚沿海一带。腓尼基人依据古埃及文字创建了历史上第一套字母系统，成为众多书写体系的起源。腓尼基文明曾对古希腊文明产生深远影响。

风格的装饰纹案。令我印象深刻的是，这些雕刻已饱经风雨侵蚀，残破不堪。几位衣着更为鲜艳的人在入口处迎接我，于是，我们一同走进楼里。我身穿19世纪的陈旧服装，脖颈上还戴着花环，显得颇为格格不入。周围一大群人正簇拥着我，他们穿着艳丽柔软的长袍，四肢皮肤光洁，沉浸在一片欢声笑语之中。

"宽敞的门廊通往一个同样恢宏的厅堂，四周挂有褐色窗帘。屋顶笼罩在阴影里。部分窗户镶嵌着彩色玻璃，营造出更为柔和的光线。地面由极为坚硬的白色金属铺成，既非金属板，也非金属片——而是金属块。恐怕是由于祖辈世代来回走动的缘故，地面严重磨损，常走之处已留下深深的凹痕。大厅里横放着大量表面光滑的石桌，离地约一英尺高，桌上摆满水果。有些我认得出，是一种硕大无比的覆盆子和橙子，但绝大多数水果我都不认识。

"石桌之间散放着许多坐垫。领我进来的人坐在垫子上，示意我也坐下。他们并未举行任何餐前祷告，便开始用手抓起水果来吃，并把果皮果梗扔进石桌旁的圆坑里。我实在又渴又饿，因而甘愿效仿他们，如是照做。我一边吃着水果，一边忙里偷闲，仔细观察起这个厅堂。

"最令我难忘的，恐怕是大厅那副破败萧条的景象。

只见彩色玻璃窗上污迹斑斑，多处破损，仅呈现出一个几何图案，窗帘下摆也蒙上厚厚一层灰尘。我还注意到，大理石桌靠近我的桌角已经开裂。尽管如此，这里总体上还是给人以富丽堂皇之感。大约有两百人在大厅里用餐，大多数人都尽量靠近我坐。他们吃着水果，同时饶有兴致地打量着我，一双双小眼睛炯炯有神。他们全都身穿相同的丝质服装，质地柔软又结实耐磨。

"顺便提一句，他们从来只吃水果。这些生活在遥远未来的人类，是坚定的素食主义者。尽管我有时极度渴望肉食，却也不得已以水果充饥。事实上，后来我发现，马、牛、羊和狗等家畜，都和鱼龙①一样，也已归于灭绝。不过，这里的水果非常可口，尤其是一种三面覆壳的粉状果实，似乎是我逗留期间的时令水果，口味相当出众，我便将它作为主食。起初，我对这些奇花异果深感困惑，但后来逐渐认识到，它们具有重要的价值。

"总之，我现在所讲述的，就是我在未来世界吃水果盛宴时的情景。当我稍感饱腹之后，我决心要去学习这

---

① 鱼龙（Ichthyosaurus）：中生代时期大型海栖爬行动物，于侏罗纪最为繁盛，后在白垩纪灭绝。

些新新人类的语言。显然，这就是我下一步要做的事情。从水果学起倒是再容易不过了。于是，我拿起一只水果，嘴里叽里咕噜地向他们询问，还不断做出各种手势，可仍然难以表达我的意思。我的种种尝试，最初只换来他们惊讶的神色和阵阵哄堂大笑。但没过多久，有一位金发小矮人似乎领会了我的意图，并向我重复念着一个名称。他们不得不相互详细解释这件事，陷入一片喋喋不休之中。而我初次尝试模仿他们语言中几个动听的短音，又令他们忍俊不禁。我觉得自己像一位被孩子们包围的老师。但经过我的不懈努力，我已经掌握了至少十几个名词。接着，我又向他们请教了指示代词的说法，甚至还有"吃"这个动词。然而，由于进展缓慢，小矮人们很快就表示厌倦，不再理会我的提问。因此，我决定等他们乐意教我时，再一点点学习。过了一段时间，我发现自己学到的内容实在少得可怜，我从未见过像他们那样如此懒惰又容易倦怠的人。

"我不久便意识到，这些小矮人有一个古怪的特点，那就是他们对任何事情都缺乏持久的兴趣。他们会像孩童一样，一路惊叫着朝我热切地奔来，但他们也会像孩童一样，很快就不再观察我，而是转身去找其他的玩物。当晚餐和初次交谈结束时,我发现那些最初簇拥着我的人几乎全都离开了。说来奇怪,我也同样对这些小矮人迅速失去了兴趣。填饱肚子之后,我走出大门,再次回到了阳光灿烂的户外。我接二连三地与这些未来世界的人不期而遇,他们总是有说有笑地先跟我走上一程,接着面带微笑地朝我做个友好的告别手势,徒留我形单影只自行其是。

"当我走出大厅时,黄昏已悄然降临,四周的景色笼罩在夕阳温暖的余晖之中。起初,这里所有的事物都令人困惑,一切皆与我熟悉的世界截然不同,甚至连花都不一样。我刚才离开的那栋建筑,坐落于一片大河谷的斜坡上。但泰晤士河却与现在的位置偏移了约一英里。我决定登上一英里半开外一座高山的峰顶。在那里,我能以更开阔的视野,仔细端详我们赖以生存的星球在公元802701年时的模样。需要说明的是,这个年份正是时间机器上那块小小的仪表盘所指示的时间。

"我边走边留心观察,寻找一切蛛丝马迹,来解释眼前这个如同废墟一般的壮景——正是在这片废墟中我发现了这个世界。例如,山上不远处有一大片花岗岩石阵,彼此由大型铝块相连接,俨然是一个断壁残垣构筑的巨型迷宫。迷宫中丛生着茂密的植物,外表俏丽,形似宝塔,可能是荨麻，但叶片呈现出奇妙的棕黄色，而且不会扎人。这里显然是某个大型建筑群的遗址，究竟为何而建，我却不得而知。在之后的日子里，我命中注定将在这里发生一段奇遇——先透露一声，我还有更为奇特的发现，但具体内容，我将适时道来。

"我在一个平台上稍作休息。忽然，一个念头在脑海中闪过，我朝四周望去，才意识到这里竟然没有任何小型住宅。显然，独栋房屋，甚至那个被称为'家'的地方也许都已不复存在。草木丛中，宫殿式的建筑比比皆是，但那些最具我们英国风情的别墅和村舍，早已不见踪影。

'共产主义社会。'我自言自语说。

"紧接着，我又想起一件事，于是瞧了瞧五六个跟着我的小矮人。我顿时发现，他们的衣着款式竟然完全一致，脸蛋也同样柔软光洁，四肢都如少女般圆润。也许你们会感到奇怪，我之前居然没有察觉这一点。然而，这里的一切都是如此离奇。现在，我终于看得一清二楚。无论是从服装，还是以区别两性特征的仪态举止来看，这些未来世界的人类都何其相似。在我眼中，这里的孩子只不过是父母的缩小版而已。我由此判断，这些孩子极度早熟，至少在生理上是如此。而我此后的许多发现，证实了我的看法。

"看到未来世界的人类活得悠然自得、无忧无虑，我深觉这种性别差异的淡化倒也合乎情理。因为男性之所以阳刚，女性之所以阴柔，以及家庭结构和社会分工的诸种不同，只是为了适应武力时代的斗争需要。对于一个人口众多、性别均衡的国度而言，过度生育可谓弊大于利。在一个战争绝迹、后代安居乐业的时代，生育需求极低——即一个家庭拥有多个子女，变得毫无必要。同时，也不再因为子女性别的差异，而采取不同的养育方式。在我们的时代，这一现象已初现端倪，而在这个未来世界，这种转变已彻底实现。不过，需要提醒的是，这只是我当时的一己之见。后来我才明白，现实并非如此。

"正当我沉思冥想之时，一座精美的小型建筑吸引了我的目光，像是穹顶之下的一口水井。我略感诧异，未来世界居然仍有水井存在。但很快我又回到了先前的思绪之中。山顶附近根本没有任何大型建筑。由于我步伐颇为矫健，不一会儿便将小矮人们甩在身后，独自前进。我怀着一种别样的自由之情和冒险精神，继续向山顶走去。

"在山顶上，我发现一把椅子，是由某种我从未见过的黄色金属制成。椅子上已长出不少淡粉色锈斑，有半边被柔软的青苔所覆盖，扶手则仿照狮鹫①的头像而铸成。我坐了下来，在漫长的白昼将尽之时，俯瞰着落日余晖中这个古老的世界。我从未见过如此壮丽绚烂的景象。太阳已从地平线上消失，金色的晚霞辉映着西边的天际，几道绛紫和绯红的云彩点缀其间。山下正是泰晤士河谷，河水奔流而过，像擦得锃亮的钢条。我先前已提及，斑驳的草木丛中，散布着许多巨型宫殿，有些已成废墟，有些仍有人居住。荒废的花园里，到处竖立着白色或银色的雕像，随处可见拔地而起的穹顶建筑和方尖碑。四周未设篱笆，也无产权标志，不见任何耕作迹象。整个世界俨然就是一座荒园。

"请听好，我要开始解释我所见到的这一切了。我的想法是在那天傍晚形成的，大致如下。（后来我才发现，我只说对了一半——或者说，仅仅是真相的一个侧面。）

"我似乎正处于人类文明的衰落期。残阳如血，令我联想起人类社会日薄西山的景况。我第一次认识到，当前

---

① 狮鹫（griffins）：希腊神话中的动物，亦称"格里芬""鹰头狮"或"狮身鹰首兽"。它拥有狮子的身体及鹰的头、喙和翅膀。因狮子和鹰分别称雄于陆地和天空，狮鹫被视为力量非凡的象征。

我们为推动社会前进所付出的诸种努力，竟然会导致如此吊诡的结局。但转念一想，这个结果倒也合乎逻辑。需求催生力量，安逸助长衰颓。我们为完善生活条件而不懈追求——真正的文明进步，令生活愈加安逸——如今已达至巅峰状态。人类团结携手，频频征服大自然，高奏凯歌。对我们的时代而言，尚且还只是梦想的事情，在未来世界已经成为切实可行的工程计划，并逐一付诸实践。其成果，正如我眼前所见！

"毕竟，我们目前的医疗卫生和农业生产仍处于初级阶段。我们所掌握的科学技术，能够攻克的人类疾病数量极其有限。但即便如此，它仍持续稳定地发挥着作用。我们的农业和园艺技术，还仅限于清除各处杂草，或许还能培育出二十余种有益品种，但更多的物种仍有赖于物竞天择，优胜劣汰。我们通过选择育种来逐步改良我们所青睐的动植物——但成功的数量实在太稀少了：或是优质新品种桃子，或是无籽葡萄，或是更芬芳更茁壮的花朵，或是更易于养殖的牲畜。我们之所以循序渐进地实施改良，是因为我们的目标不够清晰和明确，而且我们所掌握的知识也极为有限；在我们笨拙的手中，大自然也显得羞怯而迟钝起来。终有一日，这一切将会变得更加井然有序，取得更大的进步。无论历经多少波折险阻,这仍是大势所趋。人类将变得更具智慧、更有教养、更能紧密合作,征服自然的步伐也将越走越快。最终,我们能够明智而审慎地调整动植物的生态平衡,以适应人类的需求。

"在我看来,这种调整已经彻底完成,而且效果极佳。事实上,这一切正是在时间机器所穿越的这段时空里完成的。空中不见飞虫,地上亦无杂草和真菌,遍地皆有可口的水果和芬芳的花朵,彩蝶四处翩翩起舞。预防性治疗的愿望已实现,所有疾病被根除。在未来世界旅行期间,我不曾见任何传染病的迹象。我后面还将告诉你们,甚至连腐烂和衰退的进程也受到这些变化的影响。

"社会也因此走向繁荣。我看见人人都身居豪宅,身穿华服,却不再有人辛勤劳作。这里毫无任何兵戎相见的迹象,无论是社会斗争,还是经济交锋。商店、广告、交易,一切构成这个世界主体的商业往来,都已不复存在。因而在那个金色的黄昏,未来世界在我眼中自然而然地成了'人间天堂'。我猜想,他们曾经遭遇人口激增的难题,但人口已得到有效遏制,不再继续增长。

"不过,随着社会环境的变迁,人类势必需要适应这些变化。除非生物学是一派胡言,否则人类的智慧和活力究竟源自何处？那就是困境和自由：如此一来，唯有身手矫健、体格雄壮的强者方能生存，弱者必遭淘汰；如此一来，有能力者备受激励，彼此忠诚协作，养成自律、耐心和果断的品质。而家庭的建立，以及随之产生的诸种情感，包括强烈的倾慕之心、对子女的悉心呵护和父母的无私奉献，都能在后代面临危难之时，寻到正当的理由和依据。然而，这些危难如今仍在否？有种情绪正在升腾并持续蔓延。它与夫妻彼此的倾慕、热烈的母爱乃至一切激情背道而驰。因为激情已变得一无是处，令我们深感不自在，那是野蛮时代的遗风，与高雅愉悦的生活格格不入。

"我想起那些身形瘦弱、智力低下的小矮人，那片规模庞大的废墟。这更使我确信，人类已经彻底征服了大自然。因为唯有凯旋，方得安宁。人类曾是如此身强体壮、精力充沛、天资聪颖，使尽浑身解数来改善生存环境。而现在，改善后的环境却对人类产生了反作用。

"人类那永不停歇的活力，原本被视为优势，但在舒适安逸的新环境中，却成为弱点。即使在我们的时代，那些曾是生存所必需的偏好和欲望，也已成为失败之源。例如，对文明人而言，骁勇善战恐怕并非益事，甚至可能成为绊脚石。当人们处于身心平衡和生活安定的状态下，冗余的智力和体力将会无所适从。据我判断，在这漫长的岁月里，人类从未经受战火洗礼，连一次暴力争端都没有发生，也未曾遭遇野兽侵袭，更无须强身健体来抵御疾病，甚至根本不用辛勤劳作。生活在这样的环境中，弱者和强者已不相上下，因而弱者不再示弱。相较之下，弱者实则更具优势，因为强者正苦于活力无处释放。毫无疑问，我一路所见美轮美奂的建筑，就是人类与生活环境和谐共处之前，最后一次活力迸发的产物——正是人类旺盛的活力，奠定最终的太平盛世。如今这些活力已变得难以发泄。此乃人类的活力在和平年代的命运：人们沉湎于艺术和情色，最终面临颓废和衰落的终局。

"甚至连追求艺术的动力也将消失殆尽——在我所见证的这个时代，彻底绝迹。人们用鲜花装扮自己，在阳光下起舞高歌：这就是他们仅存的艺术精神，仅此而已。即便是这点追求，亦会落入孤芳自赏的消极境地。我们这代人始终在苦痛和欲求这块磨石下砥砺耕耘。而在我看来，这块可憎的磨石如今终被粉碎！

"夜色渐深，我驻足沉思。通过上述简单的解释，我已经洞悉了这个世界的奥妙所在——掌握了这些有趣小矮人的全部奥秘。也许他们控制人口增长的方法过于有效，这里的人口数量非但未能保持稳定,反而越发减少。这正是那些废墟荒无人烟的缘由所在。我的解释极为简单,亦能自圆其说——与众多谬论如出一辙!"

第五章

"我伫立在那里,思索着人类过于完满的胜利。只见一轮橙黄的圆月,从东北方天际那片银辉中,冉冉升起。山脚下,小矮人们明亮的身影不再移动,一只猫头鹰悄无声息地飞过,我在夜晚的寒意中瑟瑟发抖。我决定下山寻找栖身之处。

"我放眼望去,寻找先前拜访的那栋建筑,目光恰好扫过青铜基座上那尊白色狮身人面像。在分外皎洁的月光下,石像显得越发清晰可辨。我能看到挺立在石像旁的那棵白桦树。透过暗淡的光线,只见杜鹃花丛缠绕在一起,显得漆黑一团。我还望见了那片草坪。可我再次定睛一看,一种莫名的疑虑涌上心头,令我心灰意冷。'不对,'我坚定地自语道,'这不是原来那片草坪。'

"然而,这确实就是那片草坪。因为它正对着白色狮身人面像那张麻风病似的脸庞。你们能否想象,当我又确信无疑时,是何种感受吗?你们一定想不到。我的时间机器不见了!

"顿时,我觉得脸上仿佛被猛抽了一鞭。我意识到自己也许再也无法回到自己生活的时代。无依无靠的我,恐怕将受困于这个全然陌生的新世界。想到这里,我感到浑身不适,好似被扼住喉咙,喘不过气来。我随即陷入惊慌失措之中,大步流星地向山下狂奔而去。半路上,我头朝前摔了一跤,划破了脸。但我顾不上给伤口止血,一跃而起,继续向山下跑去,任凭温热的鲜血沿着脸颊和下巴往下淌。我一边跑,一边自我安慰说:'他们只不过把时间机器稍稍挪动位置,移到灌木丛中去了,以免挡道。'尽管如此,我仍竭尽全力奔跑。人在极度恐惧中往往会强化这种心理暗示。但我始终明白,这种自欺欺人的安慰实则荒诞不经。我本能地意识到,时间机器被藏了起来。我痛苦地喘着气。从山顶跑到草坪,约两英里的路程,我只花了十分钟。要知道,我可不再是个年轻人了。我一路跑,一路厉声自责。我竟如此愚蠢,居然放心将时间机器留在那儿,到头来还得白费力气寻找。我大声呼喊,可无人应答。整个世界笼罩在月光之中,似乎没有一丝生命活动的迹象。

"当我跑到草坪时,我最担心的事情发生了。时间机器消失得无影无踪。面对漆黑一片、空空如也的灌木丛,我感到头晕目眩,浑身冰凉。我疯也似的四处狂奔,仿佛时间机器就藏在某个角落，接着又猛然停住脚步，双手揪着自己的头发。青铜基座上的狮身人面像高耸在我头顶，它那麻风病似的脸庞，在月光照耀下，泛出惨白的亮光，仿佛在嘲笑我的沮丧。

"我本想安慰自己，一定是小矮人们替我将时间机器移至某个安全之处。但我确信，单凭他们的体力和智商，根本无法办成。令我深感绝望的是，我觉得这里存在某种迄今未知的神秘力量，由于它从中作梗，我的时间机器凭空消失。然而，有一件事我坚信无疑：除非在其他时间维度中存在完全相同的复制品，否则我的机器不可能穿越时间。当操纵杆被取下之后，其附属装置——我后面会交代操作方法——能够防止任何人胡乱操作扭转时间。因此，即便我的时间机器被移动，抑或被藏匿，也只可能存在于此时此刻的空间里。那么，它究竟在哪里呢？

"恐怕当时我已几近癫狂。我记得自己绕着狮身人面像来回奔波，穿梭于月光笼罩的灌木丛，惊动了一只白色动物。在朦胧的月光下，我误以为是一头小鹿。我还记得那天深夜，我紧握双拳，对着灌木丛一阵猛打，直到指关节被断枝划破，鲜血直流。随后，悲痛欲绝的我，哭天喊地，来到那栋巨石大厦。只见大厅里漆黑一片，寂静无声，空无一人。我在凹凸不平的地上滑了一跤，摔倒在一张孔雀石桌上，差点摔断小腿。我擦亮一根火柴，经过布满灰尘的窗帘——关于这窗帘，我曾向你们提起过——继续向前走去。

"在那里，我又发现另一座大厅，里面铺满垫子。大约有二十几个小矮人正躺在垫子上睡觉。我忽然从寂静的黑暗中探出头来，语无伦次地嘟囔着，擦亮的火柴捏在手中噼啪作响。毫无疑问，他们对我的再度露面惊讶不已，因为他们早已不知火柴为何物。'我的时间机器在哪里？'我开口喊道，像是个气急败坏的孩子，双手抓住他们使劲摇晃，要将他们弄醒。这一幕肯定令他们颇感讶异。有些人纵声大笑，但绝大多数人看起来都极度惶恐。当他们站在我跟前围成一圈时，我立刻意识到，自己当下这么做简直愚蠢至极，反而会重新唤起他们的恐惧感。因为从白天的举动来看，想必他们已经不再畏惧我了。

"突然，我抛下火柴，转身朝外面奔去，半路上还撞倒一个小矮人。我跌跌撞撞地再次穿过那个宏伟的厅堂，来到月光下。我听见一阵阵惊恐的呼喊声和凌乱的脚步声，他们踩着小脚磕磕绊绊地来回奔跑。我已记不清当月亮爬上夜空时自己的所作所为。我想，自己之所以会如此狂躁，是因为时间机器的丢失实在出乎我的意料。令我深感绝望的是，我与同类彻底失去了联系——成为未知世界里的一个怪物。我当时一定在哭天喊地，怒吼咆哮，抱怨上帝不公、造化弄人。我在绝望中度过漫漫长夜，仍记得自己身心俱疲的难受滋味，记得自己在各种不可能之处徒劳搜寻，记得自己在月光下的废墟中来回翻找，还惊动了黑影里的奇特生物。最后，我倒在狮身人面像旁边的空地上，泣不成声，唯有苦痛与我相伴。不久，我便昏昏入睡。当我醒来时，已是新的一天。在我身旁的草地上，几只喜鹊围着我跳来跳去，触手可及。

"我坐起身来，呼吸着早晨清新的空气，试图回想自己是如何来到这里，为何会有如此强烈的孤独绝望之感。很快，一切皆清晰地浮现在我的脑海。在这光天化日之下，我足以心平气和地正视自己的处境。我意识到昨夜自己的疯狂之举是如此愚蠢，现在我又恢复了理智。'哪怕做最坏的打算呢？'我说。'假如我的机器再也找不回来——或彻底损毁了呢？我应当保持冷静和耐心，学会这些人的处世之道，弄清丢失机器的来龙去脉，然后找到获取材料和工具的方法。如此一来，我没准能重新制造一台时间机器。'这恐怕是我当时唯一的希望，但总比绝望要好。而且，这里毕竟是个美丽又新奇的世界。

"不过，说不定时间机器只是被挪至别处。但我仍应当保持冷静和耐心，找寻它的藏匿之处，斗智斗勇，将其夺回。我边思考边站起身，四处张望，想找个洗澡的地方。我感到自己全身疲乏，四肢僵硬，满面风尘。在这个空气清新的早晨，我也渴望神清气爽的感觉。我已将悲愤之情宣泄殆尽。事实上，当我继续埋首思考时，我对自己昨夜如此激烈的情绪也深感讶异。我在那块小草坪四周仔细搜寻，还尽已所能向路过的小矮人们询问打听，然而却一无所获。他们都无法理解我的手势，有些人无动于衷，有些人则以此为乐，冲我傻笑。我恨不得朝他们漂亮的笑脸揍上几拳。诚然，这种冲动相当愚蠢，但恐惧和莫名的愤怒如同恶魔附身，冲昏了我的头脑，迷乱了我的心智。草坪倒是给我提供了一丝线索。我发现草坪上有一道凹痕，就在狮身人面像的基座和我的脚印之间。那双脚印是我到达此地时，把倒下的时间机器翻转过来所留下的。这里还有其他搬动的痕迹——某种古怪狭窄的脚印，像是树懒所为。我不由地再次将目光转向石像的基座。我记得我曾交代过，它是由青铜制成。这个基座并非整块浑然天成，四周实则镶有面板，包边厚实，表面装饰精美。我上前敲了敲,发现基座是空心的。我又认真打量了下这些面板,发现它与包边并未连成一体,上面也没有任何把手和锁孔。可见,如果这些面板确实是门的话,应该是从里面打开的。我终于弄清楚了一件事:我毫不费力即可推断,时间机器就在基座里面。但它究竟是如何进去的,便不得而知了。

"此时,两个身穿橙色衣服的小矮人穿过灌木丛,从枝繁叶茂的苹果树下朝我走来。我转身朝他们微微一笑,招手示意他们过来。他们走到我跟前,我指着青铜基座,试图说明我希望能将它打开。但他们一看到我做出的手势,就表现得极为怪异。我不知该如何向你们描述他们的神情——就像一位心思细腻的女士,见你做出轻佻的动作那样。他们像是遭受奇耻大辱,愤然离去。我又试着向一位面容姣好、穿白衣服的小矮人求助,结果如出一辙。不知何故,他的态度令我羞愧不已。但你们明白,我急于找回时间机器,于是我再次向他比画起来。他也与前两个人一样,转身就走。我顿时火冒三丈,三步并作两步追了上去,一把揪住他宽松的领口,将他拖回狮身人面像前。见他满脸恐惧和反感,我又一下子松手放开了他。

"我并未气馁,紧握拳头在青铜面板上猛击。我听见里面有些动静——确切而言，我听见一声窃笑——但这一定是我的错觉。我从溪水中拾起一枚鹅卵石，使劲敲打面板，直到装饰花纹全被砸平才善罢甘休，铜锈如雪纷扬。想必这些纤巧的小矮人，在方圆一英里内，都能听见我阵阵猛烈的敲击声，但他们毫无任何回应。我看到一群人站在山坡上，偷偷地向我张望。最终，又热又累的我，瘫坐在地上，注视着周遭的一切。可我没观察多久，就变得坐立不安。我到底是个西方人，无法经受长时间吃斋守夜的折磨。我能够经年累月埋首钻研难题，但让我无所事事待上二十四个小时，则另当别论。

"不一会儿，我站起身来，漫无目的地穿过灌木丛，向山上走去。'要有耐心，'我告诫自己，'要想把时间机器找回来，就别去碰那尊狮身人面像。倘若他们存心将机器拿走的话，砸坏青铜面板也无济于事；倘若他们是无意的，一旦你开口索要，他们自会给你。面对如此棘手的难题，置身于这些全然陌生的事物中干着急，是毫无希望的，这只会令你走火入魔。你应该直面这个世界，掌握它的运转规律，用心观察，三思而后行，切勿妄下断论，最终定会找到时间机器的下落。'我顿时意识到自己目前的处境竟是如此荒唐：我历经数年之久，排除万难，潜心钻研抵达未来世界的方法；而如愿以偿的我，现在却又急不可耐地想从中脱身。我为自己设下了有史以来最复杂、最令人绝望的陷阱。明知我得付出代价，可我却执意而为。想到这里，我不禁仰天大笑。

"我穿过那座巨型宫殿时，感觉那些小矮人似乎都在躲着我。这或许是我的臆测，也可能与我敲打石像铜门的举动有关。但我敢肯定，他们在刻意回避我。而我也小心翼翼，装出一副若无其事的样子，克制自己不去追问他们。就这样过了一两天，一切都恢复如初。我努力学习他们的语言，并且全面展开对这个世界的探索。或许是我忽略了某些细微之处，抑或是他们的语言实在过于简单——几乎仅由实义名词和动词构成；而抽象词即便有，也是寥寥无几，更别提修饰语了。他们的句子通常都很简单，只有两个词。即便如此，我也仅能表达或理解一些最简单的意思。我决定尽量先不去追究时间机器的下落，也不去琢磨狮身人面像下面那些铜门的秘密，等我对这个世界有了进一步的了解，这些疑问定能迎刃而解。然而，也许你们能够理解，某种情结始终萦绕着我，令我不愿离开距我到达之处方圆几英里的范围。

"在我目光所及之处，整个世界一派繁盛而丰饶的景象，正如泰晤士河谷一样。从我爬过的每一座山头望去，都能看见同样数不胜数的宏伟建筑，它们建材不一，风格迥异；还能看见同样郁郁葱葱的常青灌木丛，百花盛开的树林和枝繁叶茂的桫椤。河水蜿蜒流淌，波光粼粼。远处，地面渐次隆起，与绵延起伏的青山融为一体，最终隐没于静谧的苍穹。此时，我的目光被一种奇特的景致所吸引，只见景色中出现一些圆形水井，有的似乎很深。有一口井就在我第一次走过的山路旁。同其他水井一样，这口井也被模样古怪的青铜栏杆所包围，上方盖有一座能够避雨的小穹顶。我依次坐在这些水井旁，朝着黑漆漆的井底张望，未见丝毫水光，擦亮火柴亦不能照见任何倒影。然而，从这些水井中，我都能听见某种声响：砰——砰——砰，好似巨型引擎运转时的轰鸣声。同时，我从火柴闪动的火苗推断，有一股稳定的气流朝井下输送。我向一口水井中央扔进一张纸片，可它并未缓缓飘落，而是被瞬间吸了进去，不见踪影。

"没过多久，我便将这些水井，与山坡上随处耸立的高塔联想在了一起。因为高塔上空时常出现闪光，而这些闪光唯有在烈日炎炎的海滩方能见到。种种迹象令我坚信，地下存在一个规模庞大的通风系统，它的真实用途不得而知。起先,我以为这是他们的排污设备。这个论断看似顺理成章,实则大错特错。

"我必须承认,在这个真实的未来世界逗留期间,我对排水管道、时钟、运输工具,以及诸如此类的便利措施知之甚少。在我所阅读过有关乌托邦与未来世界的书籍中,存在大量有关未来建筑和公共设施的细节描写。然而,倘若未来世界仅存在于个人想象之中,这些细节就能够轻而易举地被描述出来;但对于像我这样一位身处真实未来的旅者而言,则并不简单。设想一下,一位刚从中非前来伦敦的黑人,回去之后会如何向他的部落族人讲述他的见闻!他对铁路公司、社会运动、电话电报线、包裹快递公司、邮政汇票等诸如此类的事物,又了解多少呢?但至少,我们很乐意向他解释!不过,即便他知晓这一切,岂能保证那些足不出户的朋友们全都理解或相信呢?那么,请再想想,在我们同时代,黑人与白人差距是多么小,而现在我与这个黄金时代①的人隔阂是多么大!我清

---

① 黄金时代(Golden Age):一般指英国维多利亚女王在位时期(1837—1901年)。在此期间,英国综合国力达到巅峰,成为"日不落帝国"。本书即写于这一时期。而作者将这个未来世界也称为"黄金时代"。

楚地知道，有许多看不见的事物正为我提供舒适的生活环境。可是，除了自动化体系这一总体印象之外，我难以向你们描述更多不同之处。

"以殡葬为例，在这里，我未曾看到火葬场的痕迹，也不曾见过任何坟墓之类的东西。但也许，在我尚未涉足的某个地方，会有公墓（或者火葬场）。我特意向自己提出这个疑问，但我的好奇心从一开始就备受打击。此事令我深感困惑，但更让我百思不得其解的是：这里竟然没有老弱病残者。

"起初，我认为未来文明将趋于自动化，人类必将走向衰落。但现在我得承认，这一理论根本站不住脚，并非尽如人意。可我又无法做出其他解释。我来交代一下其中的难处吧。我光顾过的那些巨型宫殿，仅仅是起居之所、用餐之地、就寝之处，我并未找到任何机器或装备。但这些小矮人们衣着考究，必定需要时常更新布料；他们脚上穿的凉鞋，尽管样貌朴素，却也是工艺繁复的金属制品。这些都离不开机器制造，但他们并未表现出丝毫创造天赋。这里没有商店，没有车间，更无商品进口的迹象。他们整日或是嬉闹玩耍，或是在河里沐浴，或是半推半就地谈情说爱，或是吃水果和睡觉。我真不明白，他们究竟如何维持这样的生活状态。

"再回到时间机器这个话题上来：不知何种生物，将它弄进白色狮身人面像的空心基座里。究竟是为什么？恐怕我这辈子都想不明白。还有那些枯井、闪光的高塔，我都毫无头绪。该怎么说呢？如同你发现一篇碑文，上面写有通俗易懂的英语句子，但中间穿插着一些你根本看不明白的单词和字母。对，这就是我到达此处的第三天，这个公元802701年的世界留给我的印象。

"就在那天，我结交了一位朋友——姑且称之为'朋友'。当时，我正瞧见一群小矮人在浅水中沐浴，其中有个人突然抽筋，顺着水流被冲了下去。尽管水流较为湍急，但即便水性一般的人也足以应对。然而，这些小矮人们竟然眼睁睁地看着落水者在水中奄奄一息，任凭她呼救挣扎，也无人施以援手。由此可见，这些小矮人身上有多么奇怪的缺点。当我目睹这一切，我连忙脱掉衣服，从水位较浅的地方蹚水而过，一把拎起这个可怜虫，把她安全地拖上岸。我轻轻搓揉着她的四肢，不一会儿，她苏醒过来。见她安然无恙，我便欣然离去。想到她的同类是如此冷漠无情，因而我并不指望能得到任何感谢。但是这回，我想错了。

CHAPTER V

"救人这件事发生在早晨。当天下午，我又遇见了这位娇小的女士——我确信就是她。我正外出探险归来，刚回到大本营，她就欢呼雀跃地迎接我，向我献上一束硕大的花环——显然是特意为我而做。这不禁令我浮想联翩。恐怕是我孤独寂寞太久的缘故。我尽己所能充分表达了对这份礼物的喜爱。不久，我们在一座小石亭里相视而坐，开始交谈，当然，彼此以微笑为主。她那孩童般纯真的友善之情深深打动着我。我们互赠鲜花，她吻了我的手，我也吻了她的手。随后，我设法与她沟通，得知她名叫薇娜。虽然我并不了解这个名字的含义，但觉得与她极为般配。我们俩奇特的友谊就此开始，可惜仅维持了一个星期便以失败告终——容我之后慢慢道来！

"她完全就像个孩子，总想和我待在一起。无论我去往何处，她都寸步不离地跟着我。后来，我有一次出门，故意想把她累倒，然后抛下她一走了之；她精疲力竭，在我身后苦苦哀号。不过，万事皆须张弛有度。我告诫自己，我来到未来世界可不是为了谈情说爱。然而，当我们俩分手时，她伤心欲绝，情绪异常激动，反复劝我回心转意。总而言之，她对我的一往情深，既是负担，亦是慰藉。无论如何，她的确给予我莫大的安慰。我以为，她如此依依不舍，只是出于孩童般的依赖。我并不清楚，我的离去究竟给她造成多大痛苦；直到我回过神来，一切都为时已晚。这个洋娃娃似的女子，仅凭对我的好感，始终无微不至地关心着我，尽管有时徒劳无功。我每次回到白色狮身人面像附近，都会油然而生一种归家之感。每当我翻过那座山坡，便会寻找她身穿白黄相间袍服的娇小身影。

"也正是从她身上，我意识到，在未来世界，人类并未摆脱恐惧。白天的时候，她无所畏惧，对我也无比信任。有一次，我朝她扮了个鬼脸想吓唬她，而她对此仅是开怀一笑，令我尴尬不已。然而，她却害怕黑夜，害怕阴影，害怕一切黑暗的事物。唯一能使她恐惧的就是黑暗。这种恐惧感极为强烈，促使我对此展开思考和观察。我还发现，一旦夜幕降临，这些小矮人都会聚集在那些巨型住宅中，成群结队地枕在一起睡觉。倘若与他们相遇时没有点灯，恐怕会引发一阵骚乱。天黑以后，我从未见过他们还在屋外逗留，或者独自就寝。尽管如此，我仍执迷不悟，未能从他们对黑暗的恐惧中吸取教训，而且不顾薇娜的失落之情，坚持不与这群嗜睡的小矮人睡在一起。

"这令她左右为难，但最终她对我的一片痴情战胜了恐惧。在我们相识后的五个夜晚，包括最后一夜，她都用头枕着我的胳膊入眠。提起她，我又想起另一件事。就在救她的前一晚，天刚微亮，我便醒来。一整夜我都辗转反侧，梦见自己溺于水中，海葵柔软的触须碰到我的脸。我猛然惊醒，依稀望见一只浅灰色动物冲出屋外。我尝试再度入睡，但感觉焦躁不安，浑身难受。此时，天将破晓，万物皆从黑夜中若影若现；一切都暗淡无色，却又轮廓分明，似真似幻。我站起身来，穿过那座宏伟的厅堂，来到宫殿前的石板路上。我想，既然失眠，不如就趁此观赏日出。

"月亮缓缓落下，半明半昧的天色中，逐渐消逝的月光与第一缕曙光交织在一起。灌木丛漆黑一片，大地笼罩在灰暗之中，天空惨淡无光，了无生气。山上似乎有鬼影出没。我先前曾多次望见白色的身影从山坡上晃过。有两回，我看见一只白色的猿类动物向山顶飞奔而去；还有一回，我在废墟附近看见这样一群动物抬着一具乌黑的尸体。他们行色匆匆，我未曾看清他们去往何处，似乎消失在灌木丛中。黎明时分，天色依旧朦胧。也许是破晓时的寒气，令我感到浑身冰凉，恐怕你们有所体会。我不禁怀疑自己是否产生错觉。

CHAPTER V

"东方的天际愈渐明朗,白昼来临,大地重现其斑斓的面貌。我仔细打量眼前的景色,却并未见丝毫白色的身影。他们是夜行生物。'一定是鬼魂,'我说,'不知他们来自哪个时代。'此时,我突然想起格兰特·艾伦①曾发表的一段奇谈怪论,颇觉有趣。他说,倘若每代人死后都留下鬼魂,那么世界最终将会变得鬼满为患。照他的理论来看,八十万年之后,鬼魂已多得不计其数。因而,我一次能看见四个也就不足为奇了。然而,玩笑终究只是玩笑,整个上午这些身影都在我脑海中久久挥之不去,直到我救了薇娜,才将其抛诸脑后。我隐约觉得,他们与我第一次疯狂寻找时间机器时惊动的那只白色动物有关。但薇娜的出现,令我暂时忘却这一切。尽管如此,他们注定将重归我的脑海,让我念念不忘。

"我记得曾说过,这个黄金时代的天气要比我们的时代热得多,原因不得而知。也许是太阳温度升高,或者地球距离太阳更近的缘故。人们通常认为,随着时间推移,

---

① 格兰特·艾伦(Grant Allen, 1848—1899),19世纪加拿大科幻作家,毕业于英国牛津大学,代表作有《不列颠的野蛮人》(*The British Barbarians*,1895)等。

太阳在未来会逐渐冷却。但他们对小达尔文①假说不甚了解，因而容易忽视这一点，即行星最终将逐一回归母星。一旦这种灾难发生，太阳将被新生能量所激发，燃烧得更为炽烈，恐怕与太阳较近的某个行星已经遭此厄运。无论原因何在，太阳事实上比我们所知道的要热得多。

"对了，一个炎热无比的早晨——大概是我来这里的第四天——我在暂居的巨型住宅附近转悠，想在这大片废墟中寻找避暑纳凉之地。此时，发生一件怪事：当我在乱石堆中上下攀爬时，发现一条狭窄的走廊，走廊尽头和两边的窗户都被坍塌的石块所封闭。与光线强烈的外边相比，走廊里暗无天日，伸手不见五指。我摸索着走进去，从亮处瞬间进入暗处，使我眼冒金星。突然，我仿佛中邪似地停下脚步。只见黑暗中，一双眼睛死死地盯着我，在日光反射下显得格外醒目。

---

① 小达尔文：即乔治·达尔文（George Darwin，1845—1912），英国天文学家、数学家，是进化论提出者查尔斯·达尔文（Charles Darwin）的儿子，曾提出"分裂说"解释月球起源。他在《太阳系中的潮汐和类似效应》（*The Tides and Kindred Phenomena in the Solar System*）一文中提出，月球原是地球的一部分，因转速差异而导致部分物质从赤道区甩出，演化成月球。

"那种对野兽与生俱来的恐惧感向我袭来。我紧握双拳，目不转睛地打量着这双发亮的眼睛。我害怕得不敢转身。这时，我想起这里的人们生活安逸，并无安全之忧。然而，我又想起他们对黑暗有着莫名的畏惧。于是，我尽力克服心中的恐惧，上前一步，先开口说话。坦白地说，我的声音粗粝刺耳，并且颤抖不止。我伸出手，摸到某个柔软的东西。那双眼睛随即闪到一边，只见某个白色的东西从我身旁飞奔而过。我提心吊胆地转过身去，看见一只模样古怪的小型猿类动物，耷拉着脑袋，从我身后的一片明亮的空地上疾速穿过。匆忙间它撞上一块花岗岩，蹒跚着躲到旁边，转眼间又消失在残垣断壁的黑影中。

"当然，我对这只动物的印象并不完整；只记得它通体灰白，长着一双灰红色的大眼睛，十分奇特。脑袋和背上长有亚麻色的绒毛。然而，如我所说，它行动极为迅速，我根本没有看清它的模样。我甚至无法断定，它是四肢着地奔跑，还是依靠低垂的前肢行动。迟疑片刻，我跟随着它跑进另一片废墟。起初，我并未找到它的踪迹；然而，我在黑暗中摸索了一阵，忽然发现一个类似水井的圆洞，与我先前向你们描述的那种水井一样，洞口半边被一根倒塌的立柱所遮挡。我灵机一动，难道这只动物钻进了井里？我擦亮一根火柴，朝井下望去。只见一只体型瘦小的白色动物在移动，它一边向后退去，一边瞪着硕大明亮的双眸，直勾勾地盯着我，令我不寒而栗。它简直就像是个蜘蛛人！它正沿着井壁往下攀爬，我第一次看见井下挂着许多金属脚手钩，形成一排扶梯。就在这时，火苗烧到了我的手指，火柴顺势滑落，掉入井中。当我再次擦亮一根火柴时，这只小怪物不见了。

"我记不清自己坐在那里朝井下望了多久。好长一段时间，我都无法说服自己相信，刚才我看到的那只动物，是人。可是，我逐渐明白了事情的真相：人类并未保持单一的进化趋势，而是分化成了两支截然不同的物种：地上世界那些举止优雅的小矮人，并非我们的唯一后代；这只浑身灰白、面目可憎、刚从我眼前一晃而过的夜行生物，同样也是我们的子孙。

"我想起那些闪光的高塔，以及我有关地下通风系统的设想。我开始怀疑它们的真正用途。更令我困惑的是，在这个我自认为完全平衡的社会结构中，这个类似狐猴的物种，究竟扮演着怎样的角色？它与地上世界那些懒散安逸、外表俊俏的小矮人们有何关联？井洞之下，又藏着怎样的秘密？我坐在井边，告诫自己：我无所畏惧，若要解决这些困惑，必须爬到井下一探究竟。可是，我依然对下井之事心存顾虑！正当我踌躇万分之时，我看见两个来自地上世界的漂亮小矮人，一边打情骂俏，一边穿过阳光，跑进阴影里。男的追着女的，并向她抛洒鲜花。

"当他们看见我抬起胳膊倚着倒塌的立柱向井下张望时，露出一副痛苦的表情。显然，同他们谈论这些井洞，被视为无礼之举。因为当我指着这口井，打算用他们的语言提问时，这两个小矮人显得更加痛苦，而且转身就走。不过，他们对我手中的火柴颇感兴趣。我便擦亮几根，想逗他们开心，并趁机再次向他们打听有关井洞的情况，可依然徒劳无获。于是，我抛下他们，决定回到薇娜身边，看看能否从她那里得到某些线索。然而，我的思想此时已发生转变，对于这些问题的猜测和看法，逐渐酝酿出了新的思路。有关古怪井洞、通风高塔、鬼魂之谜，都已有新的头绪；石像铜门的意义、时间机器的下落，也已略有眉目！甚至连曾经困扰我的经济问题，也有了初步答案。

"以下是我的最新见解。显而易见，第二种人类生活在地下世界。在我看来，他们之所以很少在地上露面，是因为长期在地下居住，已成习惯。以三种特征为证：

首先,他们通体灰白,多数生活在黑暗中的动物均是如此——例如美国肯塔基州溶洞①里的白鱼。其次,他们眼睛硕大,能够反射光线,这也是夜行动物的共有特征——例如猫头鹰和猫。最后,他们畏惧阳光,会慌张而笨拙地逃往黑影之中,而且一旦见到光线,就会耷拉着脑袋——这一切都进一步证明,他们的视网膜极其敏感。

"因此,在我脚下,一定布满纵横交错的隧道,而这些隧道正是这一人类新种族的栖息之地。而遍布山坡的通风高塔和井洞——事实上,除了河谷地带之外,四处皆有——也能证明,这些隧道分布是多么广泛。那么,是否能够如是假设,将这些隧道建在人造的地下世界,是为了让地上世界的物种有着更为舒适的生存环境呢?这个论断看似合情合理,我曾一度信以为真,并由此推测人类发生物种分化的原因。我相信,你们已经能够预见我的理论构想;然而,对我而言,不久我便明白,它与事实相去甚远。

"首先,从我们这个时代的问题说起吧。毋庸置疑的

---

① 美国肯塔基州中南部拥有众多溶洞景观,包括世界上最长的溶洞——猛犸洞(Mammoth Cave)。

是，资本家和劳动者的社会差别正日益扩大，这种扩大只是暂时的，但无疑已成为人类分化的关键因素。恐怕对你们来说，这一论断相当荒谬，甚至难以置信！然而，目前的种种境况，都表明这一趋势的可能性。人们正在充分利用地下空间，发展有利于文明进步的实用设施。例如，伦敦的大都会铁路，以及新型电气铁路、地铁、地下车间和地下餐厅等，其数量正成倍增长。我认为，这一趋势显然将持续演进，最终工业文明在地上空间再无发展可能。换言之，地下空间越挖越深，地下工厂越办越大，人类在地下生活的时间也越来越长，最后——即便以现状观之，伦敦东区的那些工人，不正生活在与地面隔绝的人造环境中吗？

"此外，富人的排外情绪日趋强烈——显然是由于富人所受的教育日臻完善，与粗鄙贫民之间的隔阂日益扩大——导致他们纷纷为了个人利益，将大量土地占为己有。以伦敦市郊为例，几乎半数以上风景优美的乡村被封闭起来，不许外人闯入。与此同时，这种日益扩大的隔阂——由于富人为高等教育投入大量时间和经费，并为追求高雅生活而购置更多设施——导致贫富阶层彼此沟通日趋减少，即有助缓解阶级分化的通婚行为愈发鲜见。于是，地上空间最终成为富人地盘，他们在此寻欢作乐，追求美好生活。而地下空间则属于贫民，穷苦的劳动者需要不断适应地下工作环境。一旦他们生活在地下，无疑就必须为地洞中的通风设备支付高昂的租金；倘若拒绝支付，便只能忍饥挨饿，或者窒息而死。他们中的悲苦者和反抗者都是死路一条；最终富人与穷人达成永久平衡，幸存者将完全适应地下生活，和地上世界的富人一样自得其乐。所以，在我看来，地上的人体态优雅，地下的人面容苍白，这种差异是极为正常的。

"在我的梦想中，人类的伟大胜利并非如此。这根本不是基于道德教育和分工合作的胜利，与我的想象大相径庭。我所看见的实则是真正的贵族统治，以先进科学为武装，推动当今工业体系朝向合乎逻辑的终局发展。人类的这场胜利，不仅是对自然的征服，亦是对同胞的征服。有必要提醒你们，这是我当时的想法。我并未在有关乌托邦的书籍中，找到现成的模式参考。我的解释也许完全错误，但我依然认为它最为合理。不过，即便如此，最终取得平衡的文明，也早已历经巅峰时期，如今走向衰颓。由于生活过于安逸，地上世界的人已逐渐退化，导致他们体型变小、力量减弱、智商降低。对此我已亲眼见证。至于地下世界的人情况如何，我尚不清楚。但从我所遇到的莫洛克人①来看——顺便提一句，这是地下世界人种的名称——可以想到，他们必定经历了更复杂的变异，比埃洛伊人②复杂得多。埃洛伊人即是我所熟知的地上世界人种。

"但我仍百思不得其解。为何莫洛克人要拿走我的时间机器？我确信是被他们拿走的。而且，倘若埃洛伊人是整个世界的主宰，为何他们不把时间机器还给我？为何他们如此害怕黑暗？如我先前所言，我继续向薇娜打听地下世界的情况，但再次大失所望。起先，她并不理解我的提问，而后又拒绝回答我。她浑身哆嗦，似乎这个话题令她难以容忍。当我稍加严厉一再逼问时，她竟哭成泪人。在这个黄金时代，除了我自己，见人落泪尚属唯一。看她泪流满面，我便不再追问有关莫洛克人的事情，一心只想抹去她的泪珠，这些泪珠正是人类遗传的标记。我煞有介事地擦亮一根火柴，她很快又破涕为笑，鼓起掌来。"

---

① 莫洛克人（Morlocks）：作者虚构的人种，可能得名于巴尔干半岛的摩尔拉克人（Morlachs），摩尔拉克人是居住在达尔马提亚（今属克罗地亚）的少数民族。在歌德等欧洲作家的作品中，他们常被描绘成"落后野蛮"的形象。
② 埃洛伊人（Eloi）：作者虚构的人种。

CHAPTER V

第六章

"也许你们会感到奇怪,当我能够循着最新的线索,按照正确的路径,继续探究我的疑问时,已是两天以后。那些苍白的躯体让我毛骨悚然。它们就像是动物博物馆里经过半漂白处理的蠕虫标本,摸起来顿感冰冷,令人作呕。或许我的畏惧之情多半是受到埃洛伊人的影响,我逐渐能理解他们为何对莫洛克人心存厌恶。

"接下来那天晚上,我睡得并不踏实。可能是由于满脑疑惑,心神不定,使我健康失调。有一两次,我甚至感到一种莫名而强烈的恐惧感。我记得自己曾蹑手蹑脚地走进那座宏伟厅堂——薇娜那天和她的同伴睡在一起的地方——看见他们都在月光下安然入睡,我才放下心来。即便那时,我仍忧心忡忡,因为几天之后,月相将转为下弦,夜晚更加漆黑一片。这些令人生厌的地下生物,这些经过漂白的狐猴,这些以新代旧的害人精,将变得越来越多。就在这几天,我感到坐立不安,仿佛在逃避不可推卸的责任。我愈发坚信，唯有彻底揭开地下世界的谜团，才可能找回我的时间机器。然而，我又不敢直面这一谜团。倘若有人陪伴我一同面对，则会大为不同。可我只身一人，深感恐慌，甚至毫无勇气爬进那个漆黑的井洞。不知你们能否理解我的感受，但我始终觉得身后潜藏着危险。

"也许正是这种坐立不安的感觉，驱使我去往更远的地方探险。我来到西南方向的一个乡村高地，此地现名曰库姆伍德。我望向19世纪名叫班斯特德①的小镇，很远就看见一座巨型绿色建筑，造型独特，有别于我迄今为止遇见的任何其他建筑。而且它体量庞大，比我先前所知的最大宫殿和废墟都更宏伟。其外表颇具东方色彩：外立面泛着光泽，呈淡绿色，类似某种蓝绿相间的中国瓷器。外观的差异表明这座建筑具有不同的用途，我决心一探究竟。奈何天色将晚，而且我绕了一大圈才来到此地，早已疲惫不堪。我索性决定将探险行动推迟到明天，于是打道回府，接受小薇娜的欢迎和爱抚。然而，第二天早晨，我清楚地意识到，我对绿瓷宫殿的好奇，不过是自欺欺人，只

---

① 班斯特德（Banstead）：英国萨里郡的一座小镇，位于英格兰东南部，也作"班斯台"。

CHAPTER Ⅵ

为逃避那件令我恐惧的任务罢了。我决定不再浪费时间，即刻下井。于是，我一大清早就出发前往那个由铝块连接的花岗岩石阵废墟，那口井洞就在附近。

"小薇娜跟着我跑，一路蹦跳着来到井边。但当她见我俯身往井下看时，脸上露出了不安的神情。'再见，小薇娜，'我说着吻了她，随后将她放下。我翻过护墙，去摸井壁上的脚手钩。我得承认，我下井时相当匆忙，担心自己的勇气会在转念之间消失殆尽！她先是一脸惊讶地看着我，接着又哀容满面，哭丧着脸冲向我，伸出小手想把我拉回来。她的劝阻反而增强了我继续下井的勇气。我略显粗暴地挣脱她的手。转眼间，我已下到井洞的入口。我见她愁眉苦脸地倚靠在护墙上，便朝她微笑，让她放心。然后，我不得不低头望着手中摇摇欲坠的挂钩。

"欲到达井下，我大约须爬两百码的距离。向下攀爬时，主要依靠井壁四周伸出的金属杆来支撑，但这些金属杆适合比我更矮小轻巧的人使用，所以没爬多久，我就感觉手脚抽筋、精疲力竭。而且不仅是精疲力竭！其中一根金属杆未能承受我的重量，突然弯曲，差点把我摔入漆黑的井底。一时间我只剩单手吊在半空中。自那以后，我再也不敢有片刻休息。尽管我的手臂和后背酸痛无比，我仍然尽可能快地顺着陡峭的井壁往下爬。我抬头向上望去，只见井口像一个蓝色小圆盘，透过它还能看见一颗星星，而小薇娜的脑袋则仿佛一枚黑色的圆点。井下传来机器运转的轰鸣声，声音越来越响，令人烦闷不已。除了头顶这个小圆盘，四周一片漆黑。当我再次抬头张望时，已不见薇娜的身影。

"我感到浑身不适，甚至一度想重新爬回地面，不再探索这个地下世界。但即便萌生这一念头，我仍在不断往下爬。终于，我隐约看见，离我右方一英尺的井壁上，有个狭长的洞口，顿时松了口气。我纵身钻进洞口，发现这里通往一个狭长的横向隧道，我可以在此躺下休息。没过多久，我感到手臂酸痛，后背痉挛，因始终害怕跌落，而胆战心惊，浑身颤抖。此外，这浓得化不开的黑暗，正折磨着我的双眼。耳畔也充斥着机器往井底打气的轰鸣声。

"我记不清自己躺了多久。一只柔软的手触摸我的脸，将我惊醒。我猛然坐起身，抓起火柴，匆忙擦亮一根。只见三只白色生物，正俯身站在我跟前，模样与我先前在废墟中见到的那只极为相似。一见到亮光，他们便仓皇后退。由于生活在暗无天日的环境中，他们的眼睛大得出奇，对光线极为敏感，如同深海鱼类的瞳孔，并且能够反射光线。我敢肯定，即便身处如此昏暗的地方，他们也能够看见我。他们只是害怕光线，对我却毫无畏惧。然而，当我擦亮一根火柴想看清他们的模样时，他们不由自主地四处逃窜，躲在漆黑的沟槽和隧道里，以某种奇特的眼神注视着我。

"我试图同他们打招呼，但他们的语言显然与地上世界截然不同。因此，求助无门的我，只得自力更生。我甚至再度萌生了逃跑的念头。不过，我仍然劝慰自己：'事已至此，目标就在眼前。'于是，我顺着隧道继续摸索前进，此时机器的噪声越来越响。不久，井壁便消失在我身后，眼前是一大片空地。我又擦亮一根火柴，发现自己身处一个巨大的拱形洞穴中。洞穴深不见底，已超出火光所能照亮的范围，火光之外便什么都看不清。

"我的记忆已经模糊不清。只记得昏暗中，我依稀看见许多形似大型机器的庞然大物，投下怪诞的黑影，幽灵般的莫洛克人躲在其中，逃避光照。顺便提一句，这里闷热压抑，令人窒息，空气中还幽幽地弥漫着一股血腥味。离空地中央不远处，放着一张白色金属制成的小桌子，桌上似乎摆着食物。莫洛克人无疑是食肉动物！即便在这时，我还有工夫纳闷，究竟是哪种大型动物存活至今，能够提供这种带骨的红肉，作为莫洛克人的盘中餐。一切都是如此捉摸不定：浓重的异味、难以名状的庞然大物，以及暗中潜藏的可恶身影，待火柴熄灭便向我再度袭来！此时，我手中的火柴已经燃尽，烫及手指，顺势滑落在地，仅余半点星火在黑暗中闪动。

"我想到自己为这场未来探险所做的准备是如此不足。当我坐上时间机器启程时，竟一厢情愿地认为，人类在未来世界使用的装备，都必定遥遥领先于我们的时代。因而，我没带任何武器，没带任何药品，没带任何烟具——有时我多想抽支烟——甚至连火柴都没带够。倘若我带着柯达相机该多好！我能够瞬间将地下世界的景象拍摄成相片，留待闲暇之时仔细研究。可此时此刻，我身上仅存的武器和力量，就是大自然赋予我的双手、双脚和牙齿。此外，还剩下四根安全火柴。

"我害怕独自摸黑在这些机器中穿行。借着最后一丝火光，我发现手中的火柴已所剩无几。我这时才意识到，应当节省着用。为了吓唬地上世界的那些人，我已浪费差不多半盒火柴。可对他们而言，火柴不过是件新奇玩意罢了。现在，我手中仅剩四根火柴。当我在黑暗中踌躇时，一只手碰到了我，修长的手指在我脸上游移，我闻到一阵刺鼻的异味。我似乎听到周围这群恶心的生物发出的喘息声。我感到火柴盒正挣脱我的手，身后还有许多小手正拉扯我的衣服。它们正上下打量着我，可我却看不见它们，这令我深感不安。黑暗中，我突然清醒地意识到，我对它们的思维方式和行为习惯一无所知。我拼命朝它们大吼大叫。它们吓得连连后退，可没过多久又围了上来。它们变得更加大胆，企图拽住我，彼此还窃窃私语，发出一阵怪声。我浑身剧烈颤抖，再次歇斯底里地冲着它们叫喊。这回它们并未受到太大惊吓，再次包围着我，发出古怪的讪笑。我承认自己当时吓得魂飞魄散。我决定再擦亮一根火柴，在火光的掩护下逃离此地。于是，我点起火柴，又从口袋中掏出一片碎纸，一并点燃，以便火苗烧得更旺。就这样，我顺利逃回那个狭长的隧道。然而，我刚踏进隧道，火柴就熄灭了。黑暗中，我听见莫洛克人在身后紧追不舍，脚步像风吹树叶那般沙沙作响，像雨点落地似的滴滴答答。

"一时间，我被许多双手紧紧拉住，企图将我拽回去。此时，我又擦亮一根火柴，在它们脸上不停挥动，令其目眩神迷。你们难以想象它们人模鬼样的外表是多么令人作呕——面色苍白，没有下巴，灰红色的双眸硕大无比，而且竟无眼睑！——它们茫然而困惑地盯着我。但我发誓，当时我并未停下来去打量它们，我再次向后撤退，待第二根火柴熄灭后，我又擦亮第三根火柴。正当它即将燃尽时，我已退到通往井洞的出口。我在边上躺下小憩，井底机器轰鸣声震耳欲聋，令我头昏脑涨。接着，我顺着井壁，摸索着寻找脚手钩。就在这时，有人拉住我的双脚，猛地向后拽。我擦亮最后一根蜡烛……可它瞬间熄灭了。万幸的是，此时我的双手已抓住金属杆。我拼命朝后蹬腿，奋力从莫洛克人手中挣脱出来，迅速往井口上爬去。它们眼巴巴地望着我，向我眨眼，唯有一个小坏蛋跟在我身后爬了一段路，差点将我的靴子抢走当成战利品。

"我觉得自己怎么也爬不到尽头。就在距离井口二三十英尺地方，一阵恶心至极的感觉向我袭来，我几乎无力再抓住眼前的脚手钩。最后几码时，我苦苦挣扎，硬撑着不让自己晕过去。好几次，我头晕目眩，一度觉得自己仿佛将掉入井中。最终，我竭尽全力爬到井口，步履蹒跚地走出这片废墟，来到耀眼的阳光下。我趴倒在地。我甚至觉得连泥土闻起来都如此沁人心脾。我记得薇娜亲吻着我的双手和耳朵，还听见其他几位埃洛伊人的声音。没过多久，我便失去了知觉。"

CHAPTER VI

第七章

"实话说,我眼下的处境比先前更加糟糕。迄今为止,除了丢失时间机器那天晚上我悲痛欲绝之外,我始终抱有必将逃离此地的希望。可经历了新近几次探险,我的希望变得愈发渺茫。先前,我认为自己之所以屡受挫折,只是由于这些小矮人幼稚单纯的干扰,只是因为某种神秘力量的阻挠。一旦我认清其真面目,便能加以克制。但直到现在,我才发现,还存在着另外一个因素,那就是莫洛克人令人作呕的特质——丧失人性的邪恶,使我本能地厌恶它们。曾经,我像是个掉进深坑里的人,我所关心的是坑里的情况,以及我该如何逃出去。而现在,我则像是头被困陷阱的野兽,敌人很快就将袭来。

"恐怕你们会感到惊讶,因为我所畏惧的敌人,是新月时的黑暗。薇娜曾向我讲述有关'黑夜'的故事,起初我听得有些莫名其妙,但如今,我已不难猜想即将来临的'黑夜'意味着什么。月相已过下弦:黑夜逐日延长。我现在或多或少已能够理解，这些地上世界的小矮人，为何会如此畏惧黑暗。我又仍感困惑，新月之下，莫洛克人究竟有何邪恶勾当。此刻，我已确信，我的第二种假设完全错误。地上世界的埃洛伊人可能曾是养尊处优的贵族，莫洛克人则是任其摆布的仆从，但这一切早已成为过去。因人类进化而产生的这两个人种，正走向并且已经形成了全新的关系。埃洛伊人，正如同加洛林王朝①的历代君主，已退化成徒有其表的傀儡。他们只是表面上占据着世界：因为莫洛克人世世代代都生活在地下，最终无法忍受阳光的照耀。而且，据我推测，莫洛克人作为仆从的旧习始终未改，他们为埃洛伊人制作服装，并维持这一惯例至今。他们之所以如此，就像站立的马匹时常蹬腿刨地，亦如人类喜欢猎杀动物：因为远古以来的生存需要，已使之成为本能。但显然，旧的秩序已经部分颠倒，惩戒养尊处优者的复仇女神②，已悄然而迅速

---

① 加洛林王朝（Carolingians）：法兰克王国的第二个王朝，也作"卡洛林王朝"，得名于查理大帝（Carolus）。公元751年，加洛林家族取代墨洛温家族，登上王位。在此之前，其王朝成员以"宫相"的身份治理朝政，使国王沦为"无为王"（rois fainéants）。
② 复仇女神：即涅墨西斯（Nemesis），希腊神话中的复仇女神，会对在神祇座前妄自尊大的人施以天谴。

地降临人间。很久以前,人类剥夺了自己同胞享受安逸生活和灿烂阳光的权利。如今,这些同胞脱胎换骨,即将归来!埃洛伊人再度领受古老的教训,重新品尝'恐惧'的滋味。这一切使我突然想起地下世界见到的那盘红肉。说来奇怪,它此刻正浮现于我的脑海:我并未刻意追溯当时的场景,它就像凭空出现的难题,使我扪心自问。我努力回想它的模样,依稀有种似曾相识的感觉,但无法道明究竟是何物。

"不过,面对神秘莫测的'恐惧',无论这些小矮人如何束手无策,我与他们本质上截然不同。我从我们的时代而来,来自人类社会的全盛时期,'恐惧'不曾使人绝望,神秘不曾令人畏缩。我至少能够自我防卫。事不宜迟,我决定马上制造武器,搭建安营扎寨的堡垒。此前,当我发现自己夜复一夜暴露在那些怪物面前时,曾一度灰心丧气。倘若无法彻底摆脱他们的侵袭,我根本无法安然入睡。一想到他们曾从上至下彻查自己,我便感到不寒而栗。而现在,以这个避难所作为基地,我得以信心满怀,直面这个光怪陆离的世界。

"下午,我在泰晤士河谷漫步搜寻,但并未发现一处能躲避外敌入侵的风水宝地。莫洛克人是机敏灵活的攀爬者，从它们频繁出入井洞来看，便可略知一二。所有的建筑和树木，似乎都无法阻挡它们进攻的步伐。于是，我想起绿瓷宫殿高耸的尖塔和光亮的外墙。当晚，我将薇娜背在肩上，就像背着孩子一样，径直朝着西南方的山坡走去。我以为只有七八英里的路程，实际走了将近十八英里。我初见此地，是在某个雾霭迷蒙的下午，因此目测距离存在偏差，远小于实际距离。而且，我的一只鞋当时后跟松了，鞋钉戳穿了鞋底——这双鞋很舒适，是我在室内穿的旧鞋——导致我走路一瘸一拐。当我望见远处的宫殿时，太阳早已落山，淡黄的天际映照出宫殿漆黑的廓影。

"见我携她同行，薇娜起初显得兴奋不已。可没过多久，她就让我将她放下，跟在我身旁跑，偶尔还冲向路边采摘野花，插进我的口袋。我的口袋常常令薇娜困惑不解，但最终她得出结论，认为它们是一种用以插花的奇特花瓶。至少她是如此使用的。哦，差点忘了！我更换夹克衫时，发现……"

时间旅者停顿了一下，将手伸进口袋，默默掏出两朵早已枯萎的干花，摆在小桌上，像是大朵的白锦葵。随后，他又继续往下说。

"入夜时分，四周鸦雀无声。我们翻越山顶，朝温布尔登①走去。此时，薇娜感到些许疲惫，想原路折返，回到巨石大厦。我指着远处绿瓷宫殿的尖塔，设法说服她明白，我们将在那里寻找远离'恐惧'的栖身之所。你们是否见过日落余晖时万籁俱寂的景象？连树梢上的微风也不再吹拂。对我而言，如此恬静的傍晚，总是弥漫着一种期盼的氛围。澄澈的苍穹，悠远而广袤，唯见天边残留着几道晚霞。然而，那天晚上，这种期盼却染上几分恐惧色彩。在幽暗的静寂中，我的感官似乎变得异常敏锐，甚至能够感受到脚下空洞的地穴：是的，我几乎能够透过地面，看见莫洛克人在巢穴中四处游走，等待黑夜降临。一想到它们可能将我探访井洞之举，视为宣战信号，我便亢奋不已。然而，它们为何要拿走我的时间机器呢？

"暮色渐深，转眼已成黑夜。夜，静悄悄的，我们继续前行。远处天际的蔚蓝已经褪去，群星渐次闪耀在苍穹。大地笼罩在朦胧的夜色中，树林里漆黑一片。薇娜感到愈发恐惧和疲惫。我将她搂在怀中，一边与她倾谈，一边爱抚着她。夜色更浓了，她挽住我的脖颈，闭上双眼，

---

① 温布尔登（Wimbledon）：英国伦敦西南部默顿区，是著名的温布尔登网球锦标赛举办地。

脸颊紧紧贴在我的肩膀上。我们走过一道长长的山坡路，进入河谷地带。由于天色昏暗，我差点误入一条小河中。我蹚水过河，来到河谷对岸，途经一排排早已熄灯的房屋，以及一尊雕像——是形似农牧神①的无头雕像。路旁还种植着金合欢树。我尚未看见莫洛克人的踪迹。不过，天刚黑不久，在下弦月升起之前，我们还将度过一段更为黑暗的时光。

"眼前是即将翻越的下一座山坡。我看见山脊上密林丛生，辽阔而幽暗。此刻，我陷入了踌躇。我朝两侧远眺，竟无法望到尽头。我感到精疲力尽，双脚尤其酸痛，我停下脚步，小心翼翼地将薇娜从肩膀上放下来，然后坐在草地上。绿瓷宫殿已消失在我的视野中，我不禁怀疑自己是否走错方向。我望着远处的密林，寻思着林中究竟潜藏着什么。在盘根错节的树枝掩映下，根本无法遥望头顶的星空。即便那里不存在其他潜在危险——那种危险我不愿多想——仍有可能被树根绊倒，或者不慎撞上树干。

"经历了心潮澎湃的一天，我也已经疲惫不堪。于

---

① 农牧神（Faun）：罗马神话中森林和动物的象征，给迷途之人以指引，或者带来噩梦，常为半人半羊的形象。

是，我决定不再赶路，就在空旷的山坡上过夜。

"我欣慰地发现，薇娜已然进入梦乡。我蹑手蹑脚地将其裹在我的夹克衫里，然后在她身旁坐下，一同静待月亮升起。山坡上寂寥无声，荒无人烟，但密林深处仍不时传来些许动静。夜空晴朗，头顶上繁星点点。这璀璨的星光，令我感到一丝友善的慰藉。然而，古老的星宿都已遍寻不得：千百年来，斗转星移，历经难以觉察的缓慢更迭，早已重新排列形成全新组合。不过，在我看来，银河未曾改变，仍是那条由星尘构成的光带，显得支离破碎。南边（据我判断）有颗耀眼的红色星球，我从未见过，甚至比我们当时那颗青绿色的天狼星更为夺目。这片灿烂的星空中，有颗明亮的行星，温和而持续地闪烁着，像一张故友的脸庞。

"仰望这片浩瀚星空，我顿时感到自己面临的困境和一切尘世纷扰是多么微不足道。我心想，它们的距离是如此遥不可及，它们永不停歇地缓慢转动，从未知的过去进入未知的未来。我还想到，地球两极漂移形成的岁差周期①。在我

---

① 岁差周期（precessional cycle）："岁差"也称"轴进动"。因引力作用，地球自转轴缓慢漂移，轴的两端以约25800年为周期，在空间中分别扫出圆形轨迹。

所穿越的这段时间里，这种悄无声息的转动，也只历经四十圈。在这屈指可数的旋转中，地球上的一切活动、传统、复杂机构、国家、语言、文学、灵感，甚至连我记忆中的人类，都已不复存在。取而代之的，是这些弱小的生灵，他们早已忘却自己的祖先，还有那些令我胆寒的白色怪物。此时，我想起这两个人种之间存在的'巨大恐惧'，顿时浑身战栗。我第一次明白自己见到的那块红肉可能是何物。这简直太可怕了！我望着身旁熟睡的小薇娜，她洁白的面容，在星空的映衬下泛着星光。我即刻打消了心中的念想。

"长夜漫漫，我尽力忘却莫洛克人。为了消磨时光，我望着头顶上这片全新的星图，试图在凌乱中寻找旧时那些星座的痕迹。夜空依旧澄净，偶尔飘过一丝薄云。毫无疑问，我也打了几次瞌睡。正当我继续守夜时，东方的天际渐露微光，如同无色火焰的倒影。下弦月冉冉升起，月牙尖细、月色皎洁。晨曦随之而来，天边出现一抹鱼肚白，将月光淹没，逐渐染成温暖的粉红色。当晚，没有一个莫洛克人靠近过我们，山坡上连它们的身影都未见到。新的一天来临，我满怀希望，似乎我的恐惧都已显得不可理喻。我站起身，发现鞋跟松掉的那只脚，脚踝肿胀，脚底疼痛难忍；于是，我又坐下，将鞋子脱下扔掉。

CHAPTER Ⅶ

"我叫醒薇娜，两人朝密林中走去。此刻林中不再幽深昏暗，令人望而却步，而是一派绿意盎然、赏心悦目的景象。路上我们找到一些水果充当早饭。不久之后，我们就遇见几位娇小玲珑的小矮人，他们在阳光下欢笑起舞，仿佛黑夜从不存在。此时，我又再度想起那盘红肉，我已完全确信那究竟是何物。作为人类滔滔洪流中，残存的最后一股弱小支流，我从心底里同情他们。显然，早在人类步入衰退期的漫长岁月中，莫洛克人就已陷入食物匮乏的困境。他们原本可能以老鼠或类似的害兽为食。即便是现在，人类对待食物的选择远不如其祖先那般挑剔——远不及猿猴挑食，对食用人肉并无根深蒂固的偏见。因此，这些人性泯灭的子孙后代就……我试图秉持科学的视角来看待此事，毕竟他们比我们三四千年以前的食人先祖，更惨无人道、更冷漠无情。况且，他们食用人肉，早已不再遭受良知谴责。为何我要自寻烦恼？对蚂蚁一样的莫洛克人而言，这些埃洛伊人不过是肥美的牲畜，他们将其猎杀并保存——甚至精心饲养。而薇娜此刻正在我身旁翩翩起舞！

"我设法将自己从恐惧的包围中解脱出来，将此事视为对人类自私行为的严惩。人类贪图享乐，以'需要'为借口自我标榜，心满意足地将个人的安逸生活，建立在同胞的辛勤劳作之上。时间一久，这种'需要'便习以为常。我甚至想向这群悲惨的没落贵族，报以卡莱尔①式的蔑视。但这绝无可能。无论他们智力退化的程度有多严重，埃洛伊人终究保留着众多人类的印记，我不禁深表怜悯，而且必将一同分担他们潦倒的处境和心中的恐惧。

"当时，我对自己下一步行动已有了粗浅的想法。首先，我需要寻找一处安身之所，力所能及地用金属和石块制造兵器。此乃当务之急。其次，我得设法找到生火工具，使我能拥有火把作为武器，我深知这是对付莫洛克人最有效的方法。最后，我想发明一件利器，用以攻破白色狮身人面像基座的青铜门。我想到了攻城槌。我坚信，倘若我能进入门内，将火把高举在眼前，定能找回时间机器，然后逃离此地。我不相信莫洛克人能有足够的力气，将其搬到很远的地方。同时，我也决定将薇娜带回我们的时代。我心里一边盘算着，一边向眼前那栋建筑走去。我正考虑将其作为我们的栖身之地。"

---

① 托马斯·卡莱尔（Thomas Carlyle, 1795—1881），苏格兰评论家、讽刺作家和历史学家，其作品在英国维多利亚时代影响甚广。代表作有《法国革命》（*The French Revolution: A History*）和《论英雄、英雄崇拜和历史上的英雄事迹》（*On Heroes, Hero-Worship, and The Heroic in History*）等。

第八章

"大约中午时分,我们抵达了绿瓷宫殿。这里空无一人,早已荒废,沦为废墟。唯有些许碎玻璃还残存在窗户上。大片绿色墙砖已从锈蚀的金属框架上脱落。只见宫殿高耸在杂草丛生的地面上。我进门之前,朝东北方望去,发现一个宽广的河口,甚至可称之为港湾。我断定,那里曾是旺兹沃思和巴特西。此时,我想起——尽管尚未深究——海里的生物,不知道它们曾经或正在经历何种变化。

"我上前仔细打量一番,确信宫殿是由陶瓷铸成,其正面还刻有某些我看不懂的铭文。我愚蠢地以为,薇娜能将这段文字翻译给我听,结果却发现她连文字是什么都毫无概念。我总觉得,她看上去比真实的她更富人性,也许这是她颇具人情味的缘故。

"当我们走进大门——大门敞开着,并且破败不堪——映入眼帘的并非通常所见的厅堂,而是一道长廊,两边开有许多侧窗,光线透过窗户照射进来。乍一看,我以为这里是一座博物馆。地砖上积着厚厚的尘土，屋内各式各样的摆设也都蒙着一层灰。此时，我看见长廊中央赫然竖立着一具骷髅，模样奇崛瘦削，显然是某个巨型骨架的下身部分。从它歪斜的脚骨判断，这应该是一种类似大地懒①的动物，已经灭绝。头骨和上身骨架落满灰尘，被摆在一旁。由于屋顶漏雨，有一处骨骼已被滴落的雨水侵蚀而损毁。我沿着长廊继续向前走，又发现一具庞大的雷龙②骨架。至此，我已确信这里的确曾是一座博物馆。在长廊一侧，我看见一排排倾斜的陈列架，拭去表面的灰尘，我见到了我们的时代所常见的玻璃柜。柜内陈列的物品保存完好，可见玻璃柜必定是密封的。

"显而易见，我们所在的地方正是当代南肯辛顿③的遗址！而此处应当就是古生物展区，这里原先一定陈列

---

① 大地懒（Megatherium）：也称"大懒兽"，见于更新世中美洲和南美洲，已灭绝。
② 雷龙（Brontosaurus）：体型最大的恐龙之一，见于侏罗纪晚期，已灭绝。
③ 南肯辛顿（South Kensington）：英国伦敦市中心肯辛顿—切尔西区的地名。英国自然历史博物馆（Natural History Museum）坐落于此，本章内容即以该博物馆为原型。

着许多精美的化石标本。尽管经过处理的标本在一定时间内具备耐腐蚀性，加之如今细菌和真菌已经灭绝，百分之九十九的腐蚀作用力已不复存在，但这些珍贵的宝藏仍然遭受着被侵蚀的威胁，即便这一过程极为缓慢。小矮人们曾在此留下的踪迹随处可见，他们或是将稀有化石摔成碎片，或是将其串在一起，挂在芦苇秆上。有个别玻璃柜还被移动过——想必这是莫洛克人所为。整个博物馆里寂静无声，厚重的灰尘淹没了我们的脚步声。薇娜正拿着一枚海胆标本，在玻璃柜斜面上滚着玩，见我东张西望，便默默拉起我的手，站在我身旁。

"面对这个人类智慧时代留存至今的古老遗迹，我起初感到相当惊讶，并未深究它所蕴藏的种种可能。甚至连我念念不忘的时间机器，都已被暂时抛诸脑后。

"从占地面积来看，绿瓷宫殿绝不只有古生物馆，也许还有历史陈列馆，甚至图书馆！对我而言，至少从我目前的处境来看，这些地方远比眼前这个被侵蚀已久的古代地质遗存更具吸引力。我四处探寻，发现另一条较短的走廊，与入口这段长廊横向交叉。这里陈列的展品都是矿石，我看见一块硫黄，使我联想起了火药。不过，我并未找到硝石，甚至连硝酸盐之类的矿物都没见到。毫无疑间，它们在很久以前就早已潮解。不过，那块硫黄始终令我念念不忘，我不禁浮想联翩。至于馆内其他的展品，尽管总体而言，它们是我所见过保存最完好的标本，我却提不起任何兴趣，毕竟我不是矿物学家。我随即又来到一条残破不堪的廊道，位置与第一条长廊相平行。这里显然是自然历史展区，但因年久失修，展品早已面目全非，只剩一些干瘪发黑的动物标本残骸、标本瓶溶液挥发后残存的干尸，以及植物腐烂后遗留的褐色灰烬，仅此而已！对此，我深感遗憾，因为我原本可以通过这些标本追溯人与自然的再适应过程，这一过程有目共睹，人类正是由此征服生机盎然的大自然。我们随后来到一间巨大无比的廊厅，室内光线昏暗，地板从我进来的这端开始缓缓下斜。天花板上每隔一段距离便悬挂一颗白色灯泡，许多早已碎裂，这表明此处原先有人工照明。在这里，我觉得自己简直如鱼得水。因为廊厅两侧都耸立着巨型机器，尽管绝大部分设备已被严重侵蚀并损毁，但仍有一部分保存完好。要知道，我对机械装置可谓是情有独钟，因而我在此驻足，久久不愿离去。而且，这些机器大多都有着令人着迷的魅力，我几乎猜不透它们的真实用途。我寻思着，如果我能够解开这些谜团，便可能掌握对付莫洛克人的力量。

"突然，薇娜紧紧地靠在我身旁，把我吓了一跳。若不是她的这一举动，我也许根本不会注意到，这个廊厅的地板是倾斜的。进门的一侧比地面高出许多，光线透过仅有的几扇缝隙般的窗户照射进来。沿着廊厅向前走，会发现窗外的地面正逐渐升高，最终每扇窗前都出现一块洼地，如同伦敦城里挨家挨户门前的'窗井'①，唯有屋顶透过一丝光线。我一边缓慢前行，一边琢磨机器的奥秘。由于太过专注，我没有意识到室内光线正逐渐变暗，直到薇娜露出愈发忧虑的神情，才引起我的注意。随即，我发现廊厅的尽头是深不可测的黑暗。我踌躇着停下脚步，环顾四周，发现这里的灰尘并不太多，表面也不甚平整。在光线昏暗的深处，我发现地上出现一连串狭小凌乱的脚印。我顿时回想起莫洛克人的模样，这才意识到自己对这些机器展开学术研究，简直是浪费时间。我心里盘算着，现在已近黄昏时分，可我依然没有武器，没有藏身之处，更没有生火的工具。就在这时，廊厅深处传来一阵奇特的啪嗒声，以及我先前在井洞中听到的古怪噪声。

---

① 窗井：地下室或半地下室墙外的下沉式井状结构，多见于欧式沿街排屋、别墅。

"我抓起薇娜的手。刹那间，我灵机一动，又松开她的手，转身走向一台机器。这台机器的操纵杆伸在外面，类似铁路信号所里的控制器。我爬上机器底座，双手紧握操纵杆，使尽全身力气向一侧扳。突然，孤零零站在廊道中央的薇娜抽泣起来。我用力恰到好处，不出所料，这根操纵杆很快就啪的一声被我扳了下来。我将它当作棍棒握在手中，回到薇娜身边。我心想，有了这件利器，无论遇见哪个莫洛克人，都足以让它脑袋开花。我现在巴不得干掉几个莫洛克人。也许你们会觉得，这么做太没人性，居然残杀自己的后嗣！但不知何故，对于莫洛克人，本就毫无仁慈可言。只是我不愿抛下薇娜，况且大开杀戒可能殃及我的时间机器；如若不然，我早就冲进廊厅，将那些怪物统统歼灭。

"于是，我一手握着棍棒，一手牵着薇娜，离开这里，朝另一间更宽敞的廊厅走去。乍看之下，这间廊厅像是个军用礼拜堂，悬挂着破烂不堪的军旗。两侧垂着烧焦的褐色破布，我定睛一看，是一些腐烂的书籍残页。它们早已散成碎片，上面印刷的文字也已褪色消失。然而，变形的木板和裂开的金属搭扣随处可见，就足以说明一切。假如我是一位文人，兴许会说教一番，告诫人们一切野心都无济于事。但事实上,这散落一地的书页,终成发霉的故纸堆,已然证明人类劳力的巨大浪费,这反倒让我自己有醍醐灌顶之感。此时,我想起《自然科学会报》①和自己那十七篇物理光学论文。

"随后,我们爬上一道宽阔的楼梯,来到曾经的应用化学馆。我满怀期待希望在此找到有用之物。这个廊厅保存得相当完好,唯有屋顶一角出现坍塌。我急不可耐地搜寻着每一个未破损的陈列柜。终于,我在一个完全密封的玻璃柜中找到一盒火柴。我迫不及待地试着擦亮一根,一燃即着,甚至从未受潮。我转身看着薇娜。'跳个舞吧,'我激动不已,用她的语言发出邀请。因为我拥有一件可以对付那群可怕怪物的法宝。于是,在这座早已废弃的博物馆里,在蒙着厚厚灰尘的松软地毯上,我兴致盎然地哼唱着《天国颂》②,一本正经地表演了一组混合舞,令薇娜欣喜万分。我时而来

---

① 《自然科学会报》(Philosophical Transactions):英国皇家学会出版的学术期刊,始创于1665年,是世界上最早专注于科学的杂志,至今仍在刊行。刊名中的"哲学"(philosophical)源于"自然哲学"(natural philosophy),即现在的"科学"(science)。
② 《天国颂》(*The Land O'the Leal*):苏格兰民歌,由卡罗琳娜·莱恩(Carolina Nairne)所作。

一段无伤大雅的康康舞①,时而来一段踢踏舞,时而来一段长裙舞(在我的燕尾服能够摆动的幅度范围内),时而再来一段即兴舞蹈。要知道,我天生就善于发明创造。

"我现在依然觉得,这盒火柴能够经受漫长岁月的洗礼,完好保存至今,堪称奇迹;对我而言,这也是一大幸事。但颇为稀奇的是,我还发现一件更不可思议的东西,那就是樟脑。我是在一个密封的标本瓶中发现它的,我猜想,它应该是不经意间被封装在里面。我起初以为这是石蜡,便将玻璃砸碎。然而,一股樟脑的气味扑鼻而来,纠正了我的想法。千百年来,世间万物都已被逐渐侵蚀殆尽,这种极易挥发的物质却侥幸留存至今。这使我想起曾见过的一幅墨水画,墨汁由箭石②的化石制成,想必在几百万年前,这种古生物就已死亡并演变成化石。我正打算丢弃这些樟脑,忽然想起它是一种易燃物,而且燃烧时火光明亮——作为蜡烛,效果极佳。于是,我将它放进口袋

---

① 康康舞(cancan):19世纪末起源于法国的舞蹈,舞者提裙摆的两手不断挥动并向前高踢直腿。
② 箭石(Belemnite):已灭绝的头足纲生物,见于泥盆纪至白垩纪,拥有墨汁,与现代乌贼关系密切。

里。不过，我在这里并未找到炸药，也不曾发现能够用以砸开青铜门的工具。倒是我手中偶然获得的这根铁制棍棒，是目前最具实用价值的武器。无论如何，我仍然心满意足地走出这间廊厅。

"关于那个漫长下午发生的一切，我无法向你们悉数道来。若要按先后顺序逐一回顾我的探险历程，需要超强的记忆力。我还记得某条长廊里摆放着锈迹斑斑的兵器架。面对众多武器，我举棋不定，不知是否该将手中的棍棒，换成短柄小斧或者剑。当然，鱼和熊掌不可得兼。况且，我的铁棍已有望成为打开青铜门的最佳利器。这里还陈列着数量可观的手枪、气枪和步枪，尽管绝大多数已成破铜烂铁，但仍有不少由新型金属制成的枪械，保存完好。不过，原先装在枪管里的子弹和弹药都已化为灰烬。我发现廊厅一角有烧焦的痕迹，而且略有塌陷，恐怕是这里陈列的弹药样品发生爆炸造成的。在另一间廊厅，我看见许多神像——波利尼西亚的、墨西哥的、古希腊的、腓尼基的，不一而足，想必已将世界各国尽数囊括。我对一件南美洲怪兽的皂石雕像钟爱有加，按捺不住内心的冲动，将自己的名字写在它的鼻子上。

"天色渐晚，我的兴致也随之消退。我穿过一个又一个廊厅，四处落满灰尘，周围一片死寂，满目破败萧条之景。有些展品已成一堆锈铁和炭渣，有些尚且面目可辨。走着走着，我突然发现自己来到一座锡矿模型旁。就在此时，我无意之中在附近一个密封的玻璃陈列柜里，看见两桶硝化甘油炸药！我欣喜若狂，连连喊道'尤里卡！①'并砸开玻璃柜。不过，我随即又对它们的有效性产生怀疑。我踌躇片刻，选定旁边一间较小的廊厅，进行爆炸实验。五分钟、十分钟、十五分钟过去了，可炸药始终没有动静，我失望至极。显然，这两桶炸药只是个模型，我本该通过外观便可辨别。我心想，倘若炸药是真的，我一定会不假思索地冲出去，将狮身人面像、青铜门，连同找回时间机器的可能性，炸得荡然无存。

"随后，我们来到宫殿内一个露天小庭院。地上铺着草坪，还种植着三棵果树。于是，我们坐下歇息，借此恢复精力。夕阳西下，我开始反思我们俩的处境。夜幕逐渐降临，而我仍未找到藏身之处。但我已不再为此事心烦。因为我已拥有一件法宝，也许这是对付莫洛克人的最佳

---

① 尤里卡（Eureka）：源于希腊语，意为"我发现了"，因阿基米德发现浮力原理时高呼该词而闻名。

利器——那就是火柴!我口袋里还有一些樟脑,能在需要助燃时派上用场。依我之见,目前的最佳行动方案是:露天过夜,生火防身。待明日一早,便去夺回时间机器。不过,我暂且仅有一根铁棍可做武器。但随着我对未来世界的认识不断加深,我对那些青铜门的看法也已有所改观。此前,我之所以屡次忍住不去强行砸门,主要是因为门后的一切仍是未解之谜。在我看来,这些青铜门绝非坚不可摧,但愿我的铁棍能够担当起破门之重任。"

CHAPTER VIII

第九章

"当我们走出宫殿时,太阳尚未从地平线上消失。我决定赶在黄昏之前,穿过那片曾令我望而却步的密林,并于明天一早抵达白色狮身人面像。我的计划是,当晚尽可能多赶路,然后生一堆火,在火光的保护下过夜。于是,一路上,我看见枯枝或干草就拾起来,很快就抱了满满一堆。由于负重在身,我们行进的速度比预想的要慢,况且薇娜已经走得精疲力竭。我自己也昏昏欲睡。因而,我们还未到达密林,天色就已完全暗了下来。走在密林边灌木丛生的山岗上,薇娜惧怕眼前的黑暗,几欲停下脚步。然而,我却有一种危在旦夕的不祥预感,这原本应是个警告,却反而驱使我加快步伐。我已连续两天一宿未曾合眼,只觉头疼脑热,焦躁不安。我感到困意袭来,而莫洛克人正向我逼近。

"就在我们踟蹰不前时,我隐约看见身后幽深的灌木丛中,出现三个蹲伏着的黑影。四周树高草密,我们随时都有被偷袭的危险。我盘算着，整片树林尚不及一英里宽。倘若我们能穿过密林，到达对面光秃秃的山坡，便能找到更安全的栖身之处。我心想，有了火柴和樟脑，足以供我照亮穿过密林的道路。不过，若要双手挥动火柴棒，我显然就必须舍弃怀里的柴火。于是，我极不情愿地将那些枯枝干草放下。此时，我又灵机一动，想到可以将柴火点燃，吓唬一下身后那几位朋友。我自认为这是掩护我们脱身的妙计，谁知后来才发现这个做法简直愚蠢至极。

"不知道你们是否想过，在荒无人烟、气候温煦之地，火焰理应是罕见之物。太阳的热力远不足以燃起大火，即便经由露珠聚焦强光，亦难以引燃，虽然阳光生火在热带地区偶有发生。雷电可能产生爆炸，将物体烧焦，却鲜见熊熊烈火。腐烂的蔬菜偶尔会因发酵产生热量而引发闷燃，但少有火光迸现。随着文明的退化，人类早已遗忘生火的技巧。对于薇娜而言，灼烧柴火的赤舌烈焰，既新奇又陌生。

"她想跑上前去玩火。若非我及时制止，她必定早已扑入火苗之中。但我不顾她的挣扎，将她一把抓回，鼓起勇气向密林深处走去。在火光的照耀下，我们走了一小段路程。我回头望去，透过纵横交错的枝干，看见火焰已从那堆柴火蔓延至毗邻的灌木丛，山坡上已形成一道蜿蜒曲折的燎原之火。我不禁暗自大笑，接着又转身走向前方漆黑的树林。周围伸手不见五指，薇娜浑身颤抖地紧贴着我。不过，当我的双眼逐渐适应这片黑暗后，仍能看见些许亮光，足以使我避开途中挡路的树干。头顶上一片漆黑，我偶尔能透过树枝斑驳的缝隙，望见远处黛蓝的夜空。我一根火柴也没有用上，因为我左手抱着小薇娜，右手握着铁棍，根本腾不出手。

"一路走来，周围寂静无声，我只听见脚下枝丫噼啪作响，头顶微风沙沙吹过，以及我自己的呼吸声和脉搏的跳动声。不久，我似乎听见一阵啪嗒声。我毅然继续前行。啪嗒声愈发清晰起来。接着，我的耳畔传来了古怪的声响，与先前在地下世界听到的一模一样。显然，附近有几个莫洛克人，他们正缓缓向我逼近。不一会儿，我感到有人在拉扯我的外套，还有人在碰触我的手臂。只见薇娜全身猛然战栗，然后就变得一动不动。

"该轮到火柴派用场了。然而，若要擦亮一根火柴，我就得把薇娜放下。于是，我放下她，伸手在口袋里摸索着。就在此时，一场战役在我膝下打响，薇娜仍一声不吭，而莫洛克人依旧发出那种奇怪的啪嗒声。柔软的小手慢慢伸到我的外套和后背上,甚至摸到我的脖颈。这时,火柴亮了起来,噼啪作响。我举起火光,看见莫洛克人在林中逃窜的白色身影。我赶忙从口袋里掏出一块樟脑,一旦火柴即将熄灭,我便打算将其点燃。随后,我看了看薇娜。只见她正脸朝下趴在地上,一动不动地抓着我的双脚。我心里一惊,急忙俯身看她。她几乎已停止呼吸。我点燃那块樟脑,扔在地上。樟脑摔成几瓣,火焰随之越烧越旺,吓跑了莫洛克人,也照亮了四周的黑影。我屈膝而跪,抱起薇娜。身后的密林中,好像潜藏着一大群怪物,它们窃窃私语,骚动不安!

"薇娜似乎已晕了过去。我小心翼翼地将她托在肩膀上,起身继续前行。此时,我意识到一个可怕的事实。当我擦亮火柴,抱着薇娜,与敌人周旋时,我转过好几次身。现在我已彻底迷失方向,不知该往何处前行。因为我深知,说不定我正走在返回绿瓷宫殿的路上。我不由地惊出一身冷汗。我必须尽快想出解决办法。我决定就地生火,在此安营扎寨。我将失去知觉的薇娜,放在杂草丛生的树干底下。眼见第一块樟脑即将烧完,我赶忙开始捡拾枯枝和落叶。在我周围的黑暗中,到处是莫洛克人如红宝石般泛着幽光的眼睛。

"樟脑的火光闪了几下就熄灭了。我擦亮一根火柴，两个正向薇娜靠近的白色身影，见到火光便落荒而逃。其中一个被火光晃得睁不开眼，竟径直向我冲来。在我的重拳之下，只听见它骨头碎裂的声音。它惨叫一声，趔趄着倒退几步，便昏倒在地。我又点燃一块樟脑，继续捡拾柴火。此刻，我才注意到，头顶上有些树叶极为干燥。自从我乘坐时间机器造访此地，大约一周过去了，连一滴雨都未见到。因此，与其在树丛中寻找掉落的枯枝，不如直接跳起身将其从枝头摘下来。不一会儿，我用新柴和枯枝燃起一堆唬人的火，如此一来，能够节约使用樟脑。随后，我转身走向躺在铁棍边上的薇娜。我竭尽全力将她唤醒，可她依然静如死尸。我甚至都不敢确定，她是否仍有呼吸。

"这时，火堆掀起一阵浓烟，向我扑面而来，顿时将我熏得昏昏沉沉。空气中还弥漫着一股樟脑味。柴火烧得正旺，足够烧一个小时。一番忙碌过后，我感到疲惫不堪，于是坐了下来。密林中依然传来我听不懂的低语声，令人昏昏欲睡。我似乎刚准备打个盹，又睁开眼睛。然而，四周漆黑一片。只见莫洛克人将手伸到我身上。我使劲拽开它们的手指，急忙掏口袋取火柴，可是——火柴盒不见了！它们再次紧紧抓住我，将我团团围住。我顿时意识到刚才究竟是怎么回事。我先前一定是睡着了，而柴火也熄灭了。死亡的痛苦向我袭来。整片密林好像都飘荡着木柴烧焦的气味。它们勒住我的脖颈，强拽我的头发，拉扯我的手臂，将我摁倒在地。我觉得自己仿佛被囚禁在一张巨型蜘蛛网中。我招架不住，倒了下来。我感到许多细小的牙齿正啃咬我的脖颈。我在地上来回打滚，一只手无意中碰到铁棍。我全身为之一振，挣扎着站起身来，用力将这些人模鼠样的怪物，从身上甩开。接着，我抡起铁棍，朝它们脸上猛击。我能感到，铁棍之下，一时间血肉横飞。就这样，我顺利逃脱，重获自由。

"我心中涌起一阵莫名的狂喜，似乎唯有历经激烈交战，方能体会这种酣畅淋漓。我意识到，我和薇娜都已彻底迷失方向，但我决心要让那些莫洛克人为蚕食同胞付出代价。我背靠着一棵树站定，不断挥动手中的铁棍。只听见它们的骚动声和叫喊声，在密林中此起彼伏。没过多久，它们的声音似乎因兴奋而愈发刺耳，移动的步伐也更为迅疾。可是，并没有人向我靠近，铁棍打不到它们。我怒目圆睁，盯着眼前这片黑暗。此时，我突然感到一丝希望。难道莫洛克人害怕了？紧接着又发生一件怪事。黑暗中依稀显现出些许亮光。我隐约看见身旁的莫洛克人——三个被击中的家伙,倒在我脚下。令我难以置信的是,剩下的人都在仓皇逃窜,滚滚人流,从我身后逃往前方的密林。它们的身影似乎不再苍白,而变成浅红色。我目瞪口呆地站在那里,只见半点星火从眼前飘过,消失在树杈间透出的一抹星光之中。直到此时,我才恍然大悟,为何会有木柴燃烧的气味,为何低语呢喃会变成厉声咆哮,为何会飘过红色星火,以及莫洛克人为何落荒而逃。

"我从大树背后走出来,回头望去,透过临近几棵大树乌黑的枝干,看见整片密林正深陷入火海之中。我先前点燃的那把火,正向我这里蔓延。我借着火光寻找薇娜,可是她已不见踪影。在我身后,火焰噼啪作响,耳畔传来树木燃烧时的爆裂声,这一切容不得我稍加思考。我紧紧握住铁棍,循着莫洛克人的行踪追去。这是一场争分夺秒的赛跑。火势相当迅猛,转眼间窜到我右边,从侧面包抄我。我不得不赶紧躲到左边。终于,我逃到一小块空地上。此时,一个莫洛克人跌跌撞撞地向我跑来,从我身旁穿过,径直冲进火海!

"眼下,我看到的,是在这个未来世界里,我所见过最离奇恐怖的事情。在火光的映照下,整块空地明亮如白昼。空地中央有座小丘，或许是个坟茔，顶上是一棵已被烧焦的山楂树。后面是密林的另一侧，火光冲天，金黄的火舌在树丛间翻滚，空地已彻底被烈火包围。山坡上有三四十个莫洛克人，它们被火光和热浪折磨得头晕目眩，慌乱中四处瞎撞。起初，我并未意识到它们已经完全看不见。当它们向我靠近时，我惊恐万分，举起铁棍，歇斯底里地一阵猛敲。其中一人当场毙命，剩下几位则被打成伤残。在火光染红的夜色中，我看见一个莫洛克人在山楂树下拼命摸索，耳边传来声声哀号。我这才明白，它们面对熊熊烈火，是如此无能为力，如此痛不欲生。于是，我不再攻击它们。

"然而，莫洛克人仍时不时向我冲来，令我胆战心惊，唯恐避之不及。火势曾一度减弱，我担心这些面目可憎的怪物，会马上看见我，便思忖着先下手为强，在被它们发现之前，打死几个。但火苗随即又升腾起来，我只得作罢。我躲闪着绕过它们，在山坡上搜寻薇娜的踪迹。而她却真的凭空消失了。

"最后，我在小丘顶上坐下来，注视着这群怪异又荒唐的家伙。在火光中苦苦煎熬的它们，双眼昏花，四处摸索，彼此发出古怪的声响。只见烈焰燃烧，涌起袅袅烟雾，弥漫在天际。苍穹被火光染红，繁星在缝隙中隐现，它们是如此遥不可及，仿佛来自寰宇之外。两三个莫洛克人踉跄着与我撞个满怀，我全身震颤，赤手空拳将它们纷纷击退。

"几乎一整晚，我都在说服自己，这一切都是噩梦。我狠狠咬了下自己，放声呐喊，妄图将自己唤醒。我双手捶地，起身又坐下，然后来回踱步，简直坐立不安。旋即，我卧倒在地，不停地搓揉双眼，祈求上苍让我清醒过来。我屡次三番看见莫洛克人愁容满面、垂头丧气地冲向火海。然而，随着赤色烈火逐渐熄灭，滚滚浓烟随风飘散，这些苍白的怪物已愈发减少，徒留满地焦黑斑白的树桩。而就在此时，天边终于出现了黎明的曙光。

"我再度寻找薇娜的踪影，却依然一无所获。显然，莫洛克人将她可怜的小尸体遗弃在了密林中。当我想到她已逃脱似乎命中注定的厄运，不必再沦为腹中之物时，我难以形容自己是多么如释重负。然而，想到这里，我又恨不得要大开杀戒，将那些手无寸铁的害人精赶尽杀绝，但终究我还是克制住自己。如我所言，我身处的这座小丘，恍如密林中的一座孤岛。站在小丘之巅，透过缕缕烟雾，我能依稀辨认出远处的绿瓷宫殿，而从那里，我便能识别白色狮身人面像的确切方位。天色渐亮，我抛下这些苟活着的该死鬼，继续踏上征程，任凭其四处游荡，哀号悲鸣。我将些许野草绑在双脚上，蹒跚着踏过余烟未散的灰烬，穿过星火残存的焦黑树干，径直朝着时间机器的藏匿之处走去。由于心力交瘁，我的步伐相当缓慢，而且一瘸一拐。薇娜的逝去，令我悲痛欲绝，仿佛遭受灭顶之灾。如今，当我坐在这间古朴亲切的房间里，回顾这段经历，似乎更像一个哀伤的梦，而非真真切切的失去。可那天早晨，这一切令我再度倍感孤独——孤独得近乎可怕。我开始怀念起这间小屋，怀念起温暖的壁炉，怀念起你们这些朋友。怀念过后，是痛苦的渴望。

"在那个明媚的晨光里，当我走过余烟未散的灰烬时，我忽然发现，裤兜里还有零星几根火柴。想必火柴盒在丢失之前，就已经漏了。"

第十章

"大约早晨八九点光景，我又回到那把由黄色金属制成的椅子旁。抵达此地的那天傍晚，我曾坐在这里眺望这个世界。回想起那晚我妄下论断之举，不禁对那个自以为是的自己报以苦笑。此时，眼前的景致依旧迷人如画。草木葱茏，绿意盎然，宫殿巍峨恢宏，废墟雄浑壮丽，水色如银的河流，在丰饶的两岸间蜿蜒流淌。身穿艳丽袍服的可人儿，在树林间来回穿梭。有几个人在我当时救起薇娜的那道溪水中沐浴。睹物思人，我顿感无限哀伤。通往地下世界的井洞上方，耸立着那些小穹顶，正如同这幅风景画上的斑斑污迹。我现在终于明白，地上世界的人们，在美丽的表象之下，所掩盖的一切。白天的时候，他们无忧无虑，快乐逍遥，恰似牧场里的牲畜。正因如此，他们对敌人毫不知情，也毫无防范。所以，他们的下场与牲畜别无二致。

"一想到人类的智慧之梦是如此短暂，我就唏嘘不已。这个梦想已然自取灭亡。人类曾执着追求安逸舒适的生活，建立一个以安全和永恒为誓言的平衡社会，并且已经达成这个愿望——最终实现其目标。生命和财产曾一度达至绝对安全的地步。富人的财富和奢适得到保障，劳动者则安享生活和工作。毫无疑问，在这个理想世界，人们毫无失业之忧，亦不存在悬而未决的社会难题。随之而来的便是太平盛世。

"这是一个我们忽视已久的自然法则，即人类的聪明才智，是应对变化、直面危险、摆脱困境之后，而获得的补偿。倘若动物能与环境完美和谐相处，便会形成一套自洽的机制。动物的本性是，唯有当习惯和本能百无一用时，才会诉诸智慧。毫无变化，或者无须变化之处，智慧亦不存在。唯有那些不得不面对百般需求、历经千难万险的动物，才会拥有智慧。

"因而，如我所见，地上世界的人类逐渐变得纤弱娇美，地下世界的人类则走向纯粹的机械工业。即便对于完美的机器而言，这种完美的状态，仍缺乏一大要素——绝对永恒性。显而易见，随着时间的推移，地下世界的食物供给出现短缺，且不论其因果缘由。消失数千年之久的'需求之母'，又再度重返人间，并首先造访地下世界。

地下世界的人类，长期与机器打交道，但无论面对多么完美机器，他们都需要在固守习惯之余，保持一定的思考能力。这使得他们比地上世界的人类更具能动性，尽管在其他人格品性方面远不及后者。一旦无法获得足够多的肉食，他们只能试图打破禁忌。于是，便有了我在公元802701年的世界看见的那一幕。我的解释也许错漏百出，与凡夫俗子的主观成见如出一辙。但这的确是我亲眼所见的事实，我已向你们如实道来。

"历经连日的劳累、兴奋与恐惧，尽管我仍觉悲痛，但坐在这把椅子上，欣赏眼前恬静的风物，迎接和煦阳光的洗礼，依然令人心旷神怡。我感到疲惫不堪，昏昏欲睡，思索片刻便已哈欠连连。见自己睡意正酣，我索性顺其自然伸展四肢，躺在草坪上，痛快地睡个大觉。

"日落时分，我醒了过来。此时此刻，我再也不用担心打盹时被莫洛克人捉住。我伸了个懒腰，下山朝白色狮身人面像走去。我一只手握着铁棍，一只手玩弄着裤兜里的火柴。

"接着，令我意想不到的事情发生了。当我走近狮身人面像时，我发现基座上的青铜门全都敞开着，面板已滑进门槽里。

"见此情景,我顿时停下脚步,犹豫着是否该进去。

"眼前是一个狭小的房间,在角落一处高起的地方,正摆放着时间机器。我口袋里装着几个小型操纵杆。为了攻克白色狮身人面像,我做了精心准备,不料它却早已缴械投降。铁棍未能派上用场,我深感遗憾,只得弃之一旁。

"当我俯身准备进门时,突然产生一个念头。至少,我这回看透了莫洛克人的心思。我强忍心中的快意,跨过青铜门框,径直走到时间机器跟前。我惊讶地发现,它被擦得相当干净,还涂上油光。我甚至怀疑,莫洛克人为了弄清机器的用途,曾稀里糊涂地拆卸过部分装置。

"我站在那里,端详着这台机器,连摸一下它,都能令我大喜过望。就在这时,我预料中的事情发生了。青铜面板突然滑了上去,哐的一声与门框闭合在一起。我深陷黑暗之中,落入他们布下的圈套。莫洛克人自以为如此。而我却暗自偷笑。

"我能听见他们一路轻声窃笑着朝我走来。我不慌不忙地准备擦亮火柴。我只需将操纵杆装回在机器上,便可神不知鬼不觉地离开此地。但我忽视了一个细节,火柴用起来很是麻烦,必须在火柴盒上才能擦亮。

"恐怕你们可以想见,镇定自若的我瞬间慌了神。那些小畜生将我团团围住，其中一人还伸手碰触我。我抡起手中的操纵杆，在黑暗中一阵猛扫，连滚带爬地坐上机器的驾驶座。此时，一只手抓住我，接着又是另一只手。于是，我只能一边拽开他们不断拉扯操纵杆的手指，一边摸索着找寻固定操纵杆的螺栓。果然，他们差点从我手中抢走一根操纵杆。正当它即将从我手中挣脱时，我不得不在黑暗中，顶着脑袋朝他们猛撞——我听见莫洛克人颅骨碎裂的声响——终于夺回操纵杆。这最后一场贴身肉搏，远比密林之役，更为惊险刺激。

"终于，我装上操纵杆，启动了机器。那些抓着我的手纷纷滑脱。此时，黑暗从我眼前消失。我发现自己又置身于先前曾描述过的混沌与喧嚣之中。"

CHAPTER X

第十一章

"我曾告诉过你们,时间旅行是一场令人难受的体验,会感到头晕目眩、恶心不适。这一回,我的坐姿不当,身体倒向一侧,感觉摇摇欲坠。很长一段时间里,机器不断晃动摇摆,我抱紧机器,甚至都未曾留意自己将去往何方。当我凝神定睛一瞧,看见仪表盘所显示的数值,不由地大吃一惊。仪表盘上,其中一个刻度单位标示单日,一个标示千日,一个标示百万日,还有一个标示十亿日。这次,我没有挂上倒挡,而是推动操纵杆向前进。当我仔细打量仪表盘时,才发现标示千日数的指针,如同钟表上的秒针疾速旋转——飞向未来。

"我继续前进,周遭的一切逐渐发生奇妙的变化。眼前灰色的混沌在持续晃动,变得越来越暗。然后,昼夜更迭再度闪现,并愈加明显。这通常意味着前进速度有放缓的迹象,但事实上,我仍在以惊人的速度穿越时间。起初,这令我困惑不已。昼夜交替越来越慢,日升日落亦是如此，仿佛绵延数个世纪。最终，大地笼罩在一片苍茫暮色之中，彗星时而划过幽深的天穹，打破低垂的夜幕。日升日落形成的光带早已不复存在，因为太阳始终在地平线之上，仅在西边沉浮，并且变得更大更红。月亮已难觅踪影。群星缓缓旋转，渐成蠕动的光点。终于，在我停下机器之前，一轮巨大的红日悬停在地平线上，如同闷热无比的巨型球幕，并且时隐时现。它曾一度又明亮起来，但旋即又重回沉闷的炙热状态。太阳日趋缓慢的起落，使我意识到，潮汐的引力作用已发挥作用。地球已停止旋转，固定一面朝着太阳，恰如我们的时代，月亮总以同一面朝向地球。此时，我小心翼翼地倒转驾驶姿态，因为先前着陆时一头栽倒在地的情景仍记忆犹新。仪表盘上的指针越转越慢，直至千日针静止不动，单日针不再混沌不清。机器仍在减速，一片荒无人烟的海滩依稀浮现在我眼前。

"我缓缓着陆，然后坐在时间机器上，环顾四周。天空不再蔚蓝。东北方的天际一片墨黑，苍白明亮的星宿在黑暗中不停闪烁。头顶上方的苍穹则染成深沉的印度红，不见星星点点。朝东南方望去，天色愈渐透亮，映入眼帘的是耀眼的猩红。血色残阳横卧在地平线上，庞大的躯壳一动不动。我周围的岩石呈现出刺眼的浅红色。我放眼望去，目之所及的唯一生命迹象，便是青翠葱茏的植被，覆盖着东南方每块凸起的礁角。这满目的绿意，如同林中苔藓，岩间地衣；这些植被常年生长于日照不足的阴暗之地。

"时间机器停在一片倾斜的沙滩上。大海向西南方不断延伸，融入晦暗天幕下明亮的地平线之中。海面上风平浪静，水不扬波，唯有些许细浪起伏，宛若轻柔的呼吸，宣示着永恒的大海依旧生机盎然。海水冲刷滩岸，凝结成厚厚的盐霜——在苍茫的天空映照下，泛着粉色的光泽。我感到头昏脑涨，呼吸愈发急促。这种感觉令我想起自己仅有的一次登山经历。由此我推断，这里的空气比我们的时代稀薄得多。

"此时，远处荒凉的斜坡上传来一声刺耳的尖叫。一个形似白色蝴蝶的庞然大物，拍打着翅膀，斜上云霄，在空中盘旋片刻，消失在远方小山丘之后。它的叫声是如此凄厉，令人不寒而栗，我不由地紧紧靠在机器上，牢牢坐稳。我再次四处张望，看见不远处那个我以为是红色岩石的物体，正向我缓缓逼近。这时，我才看清它的真面目，那是一只类似螃蟹的巨型怪兽。你们能否想象，一只巨蟹，与那张桌子大小相当？只见两排蟹脚缓慢横行，步履蹒跚，一对蟹螯在空中挥舞，两根长长的触须像车夫的马鞭，来回甩动摸索，一双柄眼凸起在金属般的前额两侧。背上的蟹壳全是褶皱，布满奇丑无比的疣突，绿色斑块随处可见。当它移动时，我能看见它那结构复杂的嘴里伸出许多触角，摇晃着似在探路。

"我注视着这只凶神恶煞的怪兽向我爬来，感到脸颊一阵奇痒，仿佛一只苍蝇正叮咬我。我试图用手将它扇走，但没过多久，它又重新回来；而同时，又有另外一只在碰触我的耳朵。我一个巴掌打去，抓到某种线状物体。它迅速从我手中抽离。我惶恐不已，便回头张望，只见另一只巨蟹怪正站在我身后，而我刚才抓着的正是它的触须。它那双邪恶的眼睛在眼柄上打转，嘴巴一副垂涎欲滴的模样，丑陋的蟹螯粘着海藻黏液，正朝我砸下来。我旋即握住机器的操纵杆，将我同这些怪兽隔开一个月的时间差。不过，我仍在同一片海滩上，一旦停下来，我便能清晰地看见它们的身影。天色昏暗，几十只巨蟹怪在苍翠的植被中来回爬行。

"我难以描述笼罩着这个世界的那份孤寂感。被染红的东方天际，黑漆漆的北边苍穹，盐度极高的死亡之海，怪兽横行的多石沙滩，全似有毒的翠绿青苔，伤人脾肺的稀薄空气：这一切都令人毛骨悚然。我又向前行驶了一百年，红日依然当空照耀——稍大略暗而已——那片大海仍旧奄奄一息，那里空气仍旧寒意逼人，那群陆地甲壳动物仍旧在绿草红岩间来回爬行。在西边的天尽处，我望见一道苍白的弧线，恍若一轮巨大的新月。

"我如是继续着这场时间之旅。我被地球神秘莫测的命运所吸引，每隔上千年便停下机器，怀着异乎寻常的迷恋之情，遥望西方的天际，眼看着太阳逐渐变大变暗，注视着古老地球上的生命渐次消亡。最终，在三千万年以后，太阳这个巨大的火球几乎遮蔽了幽暗苍穹的十分之一。于是，我再度停歇，因为那些成群结队的巨蟹怪已消失得无影无踪。赤色海滩上似乎不见半点生命迹象，徒留些许铅青色的苔藓和地衣。此时，海滩上浮现出斑驳的白痕。寒风刺骨，洁白稀薄的雪花不时飘然零落。在东北方的暗夜之下，星光映照着皑皑白雪，泛出耀眼银光。我看见绵延起伏的小丘顶上一片粉白。海岸边已凝结成冰，远处仍见冰块漂浮。然而，咸海绝大部分海面尚未结冰，在永恒的日落余晖中，猩红似血。

"我环顾四周，试图寻找动物的踪影。某种难以名状的恐惧感涌上心头，我不敢轻举妄动，始终待在机器的驾驶座上。但无论在陆地、天空抑或海洋，我都未见丝毫动静，仅有岩石上遗留的绿色黏液，是生命尚未绝迹的明证。随着海水退去，海面上出现一道浅浅的沙洲。我依稀瞥见某个黑色物体在沙洲上扑腾，可定睛一看，它却静止不动了。想必是我看花眼，那不过是一块岩礁。天空中繁星璀璨，但我却觉得它们似乎已不再闪烁。

"突然，我发现太阳西侧的圆形轮廓有所变化，弧线出现一道凹面缺口，并且越来越大。霎时间，我目瞪口呆，眼睁睁看着黑夜逐渐将白昼吞没。大约过了一分钟光景，我顿时意识到，日食就此开始。一颗星体从日轮间穿越，恐怕不是月球，就是水星。起初，我理所当然地认为那是月球，但种种迹象使我确信，我所见到的是一颗类地行星①，正从距地球极近处经过。

"夜幕疾速降临，从东边吹来阵阵凛冽寒风，空中白雪纷扬，越落越大。海边传来潺潺水声，沙沙作响。除却这些没有生命的声音之外，整个世界一片死寂。死寂？

---

① 类地行星（inner/terrestrial planet）：与地球类似的行星。太阳系中类地行星除地球之外，还有水星、火星和金星。它们距离太阳较近，体积质量较小，平均密度较大，表面温度较高，均由岩石构成。

我难以描述这种万籁寂静的场景。所有人声、羊叫声、鸟鸣声、虫吟声，构成我们生活背景的一切喧嚣——都已消逝于无声。夜色愈加深重，漫天飞旋的雪花更为密集，在我眼前舞动，空气也越发冰冷难耐。终于，远处白色的山峰，一个接着一个迅速淹没在黑暗之中。此时，微风袅袅已成狂风呼啸。我望见日食中央的黑影正向我袭来。顷刻间，天地万物都变得晦暗不明，唯有苍白的星光依稀可见。天空彻底被黑暗吞噬。

"这无边无际的黑暗，令我惶恐不安。这彻骨的寒意和呼吸的疼痛，使我不堪忍受。我浑身战栗，感觉恶心至极。就在这时，太阳的边缘再度出现在苍穹之上，恍若一张赤热的弓箭。我走下机器，想恢复元气。我甚感天旋地转，无力踏上归程。当我心烦意乱地站在那里时，我又看见那个移动的物体出现在沙洲上——千真万确，这回它确实在移动，它的后面是猩红的海水。它形状浑圆，如足球般大小，或许更大一些，触须低垂，在滚滚血色波涛的映衬下，显得通体漆黑，并不时地四处蹦跳。我感到自己即将昏厥过去。然而，一想到我将孑然一身，躺倒在这遥远而又可怖的暮色之中，我又顿觉惊恐万分。正是这种恐惧的意念，迫使我咬紧牙关，爬回时间机器的驾驶座。"

CHAPTER XI

第十二章

"就这样,我回来了。想必有很长一段时间,我在机器上处于丧失知觉的状态。昼夜再度疾速轮替,太阳回归金黄色,天空重现湛蓝。我的呼吸也顺畅许多。陆地绵延起伏的轮廓时隐时现。仪表盘上的指针飞快逆转。终于,我又看见房屋模糊的倒影,这表明我已回到人类的衰落时期。此番景象不断变幻,从我眼前一闪而过,新的景致旋即而至。不久,百万日指针归于零位,我开始放缓机器行驶的速度。我逐渐认出我们的时代所常见的小型建筑,千日针此时也回到起点,昼夜更迭的速度愈加缓慢。终于,我的周围出现了实验室那陈旧的墙壁。于是,我小心翼翼地将机器减速。

"我注意到一件奇怪的小事。我记得自己曾告诉过你们,就在我启程出发那天,当我尚未加速之前,我看见沃切特太太仿佛以火箭般的速度从房间穿行而过。现在,我回来时,又再度经历她穿过实验室的那一分钟。可这回她的每个动作都与上次完全相反。先是通往花园的门被打开，接着她悄无声息地退入实验室，背对着前进的方向，消失在她此前进来的那扇房门后。就在这之前，我似乎瞥见希利尔的身影，可他在我眼前一闪而过。

"于是，我停下机器，再次打量着周围。我又回到了这间熟悉的实验室，我的工具和仪器完好如初，仍是我离开时的模样。我摇晃着爬下机器，俯身坐在我的工作台前。我浑身剧烈颤抖，足足过了几分钟我才镇定下来。我所身处的地方，仍是那间陈旧的工作室，一切如故。也许我刚才就在这里睡了一觉，整件事不过是一场梦境罢了。

"不，并非完全一致！时间机器启动时位于房间的东南角，可如今它回来时却停在西北角，正是如你们所见那个靠墙的位置。两者之间恰好即是草坪与狮身人面像基座的距离。莫洛克人曾将我的机器搬入基座之中。

"一时间，我的大脑一片空白。随后，我站起身，一瘸一拐地穿过走廊，我的脚后跟仍然疼痛无比，全身上下肮脏不堪。我看见门边的桌上正放着一份《蓓尔美街报》①，发

---

① 《蓓尔美街报》(*The Pall Mall Gazette*)：英国伦敦当地的晚报，创刊于1865年，后于1923年并入《伦敦标准晚报》(*London Evening Standard*)。该报得名于蓓尔美街，其是绅士俱乐部的聚集地。

现上面的日期确实就是今天。我又瞧了眼挂钟，此刻将近晚上八点。我听见你们的交谈声和推杯换盏时的叮当声。我踌躇片刻——只觉恶心难忍，虚弱乏力。然而，我又抵不住阵阵肉香的诱惑，于是便推门而入。接下来的一切想必你们都已清楚。我洗了个澡，吃个饱饭，现在正向你们讲述我的冒险故事。"

"我深知，"时间旅者稍作停顿，继续说道，"在你们看来，这一切简直就是天方夜谭。但对我而言，唯一不可思议的事情，就是我今晚还能坐在这个熟悉的房间里，看着诸位亲切的脸庞，将我的此番奇遇向你们道来。"

他看着医生说："没错，我不指望你们能相信我的话。那就当它是个谎言——或者预言吧。就当我在工作室里痴人说梦吧。就当我一直在思索人类未来的命运，最后虚构出这篇小说吧。就当我竭力强调内容的真实性，不过是增强趣味性的艺术手法吧。姑且就当这是个故事，你们意下如何？"

他拿起烟斗，习以为常地在炉栅围栏上敲了敲，显得有些焦躁不安。一时间，整个屋内鸦雀无声。没过多久，椅子开始嘎吱作响，还能听见鞋子与地毯的摩擦声。我的目光从时间旅者的脸上移开，朝身旁的听众看去。他们都坐在暗处，微小光斑在众人身前晃动。医生似乎在全神贯注地打量着我们的主人。编辑则目不转睛地盯着他手中的雪茄烟蒂——这已是第六支。而记者正笨手笨脚地翻找着自己的手表。至于其他人，我记得他们都一动不动。

编辑叹了口气，站起身来。"你没去当个作家写小说，真是太可惜了！"他说着，将手搭在时间旅者的肩膀上。

"你不相信？"

"嗯——"

"我就知道你不信。"

时间旅者转身看向我们。"火柴在哪里？"他说。他擦亮一根火柴，边说边抽了口雪茄，嘴里吐着烟圈。"实话告诉你们吧……我自己也不敢相信……然而……"

他看着小桌上枯萎的白花，目光中若有所思。随后，他将捏着烟斗的手翻转过来，我见他注视着自己指关节处尚未完全愈合的伤疤。

医生站起身来，走到台灯跟前，仔细端详着这两朵花。"这些花的雌蕊很奇怪。"他说。心理学家也探身向前，准备伸手拿起一朵，看个究竟。

"该死，已经零点三刻了，"记者喊道，"我们该怎么回家呀？"

"车站里出租马车多得是。"心理学家说。

"真是奇怪,"医生说,"我实在难以辨识这花是何种属。能把它们交给我吗?"

时间旅者犹豫片刻,突然答道:"当然不行。"

"你到底是从哪里弄来的?"医生问。

时间旅者摸着脑袋。他说起话来,像是在竭力回想某个稍纵即逝的念头。"是在未来旅行时,薇娜将它们放进我口袋的。"他环视着房间四周,"真是见鬼,我什么都不记得了。关于这房间和你们这些人的记忆,以及日常生活氛围的种种念想,我的脑袋根本无法全都装下。我真的制造出时间机器吗?或者只是一台模型?这一切难道仅仅是我的梦?人们都说浮生若梦,有时真是一场噩梦——但我再也无法承受另一场不合时宜的噩梦了,这实在是疯狂至极。梦从何处来?……我必须亲眼看看那台机器。倘若真有一台时间机器的话!"

他一把抓起那盏闪着红光的台灯,提着灯出门来到走廊。我们一行跟在他身后。只见摇曳的灯光下,果然有台机器,模样矮胖,东倒西歪,很是丑陋。它由黄铜、乌木、象牙和闪闪发亮的半透明石英制成。我伸手摸了下机器上的杠杆,触感相当结实——象牙表面留有褐色斑点和污渍，机器下半部分沾有些许杂草和青苔，其中一根杠杆已被压弯。

时间旅者将台灯摆在工作台上，一手抚摸着损坏的杠杆。"这就对了，"他说，"我向你们所讲述的一切都是真的。带你们来这里受冻，真是抱歉。"众人默不作声，他提起台灯，我们一行人又回到吸烟室。

他送我们走到门厅，并帮编辑穿上外套。医生望着时间旅者的脸庞，略显踌躇地告诉他，他似乎有些劳累过度。听罢，时间旅者哈哈大笑。我记得他站在敞开的门口，大声向众人道晚安。

我与编辑同坐一辆出租马车回家。他认为时间旅者所说的这个故事是"华而不实的谎言"。而我却不敢妄下断论。故事内容虽然荒诞不经，玄而又玄，但时间旅者的讲述却是言之凿凿，郑重其事。我几乎整夜未眠，辗转反侧不断思索这件事。我决定第二天再去拜访时间旅者。鉴于我已对他的住处熟门熟路，得知他在实验室，我便直接去找他。然而，实验室里却空无一人。我盯着时间机器看了一会儿，然后伸手触摸操纵杆。就在这时，这个矮胖结实的庞然大物，仿佛风吹树枝般摇晃起来。它是如此摇摇欲坠，令我着实大吃一惊，使我回想起自己童年时代，大人们不允许我乱摸乱碰。我穿过走廊退了回来，恰好在吸烟室里与时间旅者相遇。他正打算出门。只见他一只胳膊抱着一台小型照相机，另一边夹着一只背包。他看见我不禁笑了起来，伸出手肘，算是与我握手。"我真是忙坏了，"他说，"一直在鼓捣那个玩意儿"。

"难道那不是个骗人的把戏？"我如是问道，"你真的穿越时间了吗？"

"我不骗你，确实如此。"他望着我的双眼，满脸坦诚。他又犹豫片刻，目光在房间里转一圈。"我只要半个小时，"他说，"我知道你为何而来，你真是太好了。这里有几本杂志。倘若你愿意留下共进午餐，我将向你彻底证明时间旅行的真实性，你会见到标本和一切有说服力的物证。现在，我得失陪一会儿，你不介意吧？"

我表示同意，当时我并未弄明白他这番话里的全部含义。他点了点头，沿着走廊向前走去。我听见实验室的门砰的一声关上了。于是，我在椅子上坐了下来，拿起一份日报。他打算在午餐之前做什么？突然，报纸上的一则广告，使我想起，下午两点与出版商理查森有约。我看了眼手表，发现再不赶去就要来不及了。我赶忙起身，沿着走廊过去，想和时间旅者道别。

CHAPTER XII

当我握住实验室的门把手时,耳边传来一声惊叫。诡异的是,叫声戛然而止。随后,我听见咔嗒一声,又是砰砰作响。我打开门,只见一阵气浪扑面而来,伴随着玻璃落地摔碎的声音。时间旅者已不见踪影。我依稀看见一个幽灵般模糊不清的身影,正坐在那团黑黄相间、极速旋转的庞然大物上。这身影是如此透明,就连身后工作台上摆放着的图纸,我也能看得一清二楚。可我刚揉了揉眼睛,这幻影便已消失不在。时间机器就这样不见了。实验室远处那个角落空空如也,唯有被气浪扬起的灰尘正缓缓飘下。天窗上有块玻璃显然刚被吹落在地。

我感到一阵莫名的诧异。我明知刚才发生了一件怪事,可却一时又弄不清是何怪事。正当我站在那里,目睹此情此景之时,通往花园的那扇门打开了,男仆从门外走了进来。

我们俩面面相觑。这时我突然涌现出个念头。"你家主人——先生是从这边离开的吗?"我问道。

"不,先生。没人从这边出去。我还以为他在这里呢。"

我顿时恍然大悟。我不惜冒着与理查森失约的风险,继续留守在这里,等候时间旅者归来。我等待着另一个或许更为离奇的故事,以及他即将带回来的标本和照片。然而,我又开始担心,自己恐怕将等上一辈子。时间旅者失踪已逾三年。而且,每个人都知道,他至今仍未归来。

尾声

人们不禁会感到疑惑。他还会归来吗？也许他已穿越回到遥远的过去，与旧石器时代茹毛饮血的长毛野人为伍，或是坠落在白垩纪①时期海洋的深渊里，抑或身陷于侏罗纪②时期奇形怪状的蜥蜴群等巨型爬行动物之中。此时此刻，他甚至可能——不知此种说法是否妥当——正徜徉于蛇颈龙③出没的鲕粒岩④珊瑚礁上，或是漫步在三叠纪⑤

---

① 白垩纪（Cretaceous）：地质年代中生代最后一纪，因欧洲西部该年代的地层主要为白垩沉积而得名。起始于约1.45亿年前，结束于约6600万年前。
② 侏罗纪（Jurassic）：地质年代中生代第二纪，得名于法国和瑞士边境的侏罗山。起始于约2.01亿年前，结束于约1.45亿年前。
③ 蛇颈龙（plesiosaurus）：古代大型海生爬行动物，见于侏罗纪早期。
④ 鲕粒岩（Oolite）：也称"鸡蛋石"，其主要成分为碳酸钙。鲕粒是由同心层组成的球粒，核心层为矿物碎屑、生物介壳碎屑或气泡等。
⑤ 三叠纪（Triassic）：地质年代中生代的第一纪，因这一时期的地层最初划分为上中下三部分而得名。起始于约2.52亿年前，结束于约2.01亿年前。

时期幽静孤寂的盐水湖畔。又或许他已驶向未来，穿越至与我们相近的时代。在那里，人类依旧还是人类，但我们的时代留下的诸多未解之谜都已有了答案，诸多恼人难题都已得到解决。或许，他来到了人类的成年期：因为，依我个人之见，在这一时期，科学实验不足为信，理论探索支离破碎，社会交往不甚和谐，根本算不上是人类的巅峰时期！不过，这只是我一家之言。据我所知——这个问题早在时间机器被制造出来之前，我们就已有所探讨——时间旅者认为人类的进步不容乐观，他将文明日积月累的演进，视为愚蠢至极的堆砌，并坚信其终有一天必将倾覆，遂使造物主所造的一切毁于一旦。倘若果真如此，我们也得若无其事地继续生存。对我而言，未来一片幽暗虚无——是个巨大的未知数，唯有零星几处，会因为我记忆中这个时间旅者的故事，而在不经意间豁然开朗。然而，令我颇感欣慰的是，我手中还有那两朵奇异的白花——虽已枯萎、发黄、干瘪、易碎，但它们足以证明，即便在智慧和体能消逝的年代，那份感恩之心和彼此的脉脉温情，仍将长存于人间。

译后记

> 夫天地者，万物之逆旅；光阴者，百代之过客。
>
> ——李白《春夜宴桃李园序》

我们常以"光阴似箭，日月如梭"来形容时间一去无返地匆匆流逝。面对似水流年，亦有"逝者如斯夫，不舍昼夜"的劝诫和谓叹，更不消说"天长地久有时尽"这般感时伤怀的情绪。古往今来，在时间那不可逾越的威仪之下，人们按照岁月应有的方向和节奏，行走在当下，既不能重拾过去，也无法触摸未来。

然而，现实的局限并不意味着无计可施。正是这仿佛亘古不变的束缚，赋予文学幻想自由驰骋的动力，激励怀有好奇之心的勇者，向时间发起挑战。如今，"穿越时空"似乎已成为我们司空见惯的文学母题，甚至在更多科幻电影中得到视觉化的呈现，足以令人目眩神迷。在心潮澎湃之余，我们应当铭记这一挑战的肇始者，正是这位科幻先驱——赫伯特·乔治·威尔斯（H. G. Wells）。

作为世界科幻文学史上具有划时代意义的扛鼎之作，威尔斯的《时间机器》（*The Time Machine*）是将"时间旅行"（time travel）作为叙事题材的经典范本。这部小说出版于1895年①，距离爱因斯坦提出狭义相对论还有10年，而广义相对论更是20年之后方才完成。但身处十九世纪末的威尔斯，就已经借小说主人公"时间旅者"之口，通过开篇那段教科书式的科学哲理对话，宣告了他将时间作为空间第四维的观点。这无疑是让人惊叹的！

当然，对于彼时的文学而言，"时间"并不是全然新鲜的描写对象。作家已经可以借助倒叙、插叙等写作手法，形成跳跃的时间线索，或是通过梦境等情节载体，打破固有的时间观念。但正如学者戴维·锡德所言，《时间机器》的问世标志着有关时间的小说在写作模式上的重要分野②。因为在威尔斯笔下，时间轴的改变恰恰体现在空间运动时的位移。小说中他如是写道：

---

① 事实上，早在1888年，年仅22岁的威尔斯就曾发表一篇题为《时间的阿尔戈英雄》（*The Chronic Argonauts*）的短篇小说，提出了"时光机"的最早构想，奠定了《时间机器》的故事雏形。

② David Seed. *Science Fiction: A Very Short Introduction*. Oxford: Oxford University Press, 2011: 98—99.

说到这里，时间旅者稍作停顿，以便众人正确领会他的言论。"科学家们非常清楚，时间只是空间的一种形式。这是一份现在流行的科学图解，是气象记录。我手指着的这条线标明了气压的变化情况。昨日白天气压攀升，夜间回落，今天日间再次上升，直到现在这个位置。我敢肯定，气压计中的水银并未遵循公认的三维空间中任一维度移动。但它必定是沿着某一特定轨迹运动，由此判断，这一轨迹就是时间维度。"

空间位移的存在使时间旅行成为可能，而穿越时空有赖于工具。对工具进行科学化的描摹，是《时间机器》有别于以往有关时间的小说的地方，也正是其首创之处。威尔斯通过对金属装置模型及其"大号翻版"的刻画，向读者详细介绍了时间机器的操作原理。镍制、水晶、石英等材质，操纵杆、螺丝、仪表盘指针等零件，乃至装置启动时"黄铜和象牙转成的漩涡"，种种细致入微的交代和描写，无不镌刻着英国维多利亚时代工业革命巅峰的烙印，流露出对机械美学的强烈推崇。

不过，《时间机器》的颠覆意义并不止于此。威尔斯曾师从《天演论》的作者赫胥黎，其创作深受达尔文进化论影响，但他的笔调却有着迥异于那个时代的伤感和悲观。物种演变的进程始终朝向积极的一面吗？人类社会的明天会变得更好吗？这一系列关乎未来的思考和追问直指科幻文学的核心命题。威尔斯通过"时间旅者"的所见所闻给出否定的回答。

小说中，主人公乘坐自制的时间机器，穿越至公元802701年。此时，人类早已异化成两个分支，步入衰颓期。由于过于养尊处优，生活在地上世界的埃洛伊人（Eloi）变得娇小孱弱，智商退化，害怕黑暗，成为徒有其表的傀儡。藏匿于地下世界的莫洛克人（Morlocks）则过着穴居生活，他们终日劳作，对光线极其敏感，夜晚出来觅食，而埃洛伊人正是他们的盘中餐。

这番触目惊心的景象，显然是对当时资本家和底层大众阶级对立的影射，也蕴含着威尔斯对人类命运盛极而衰的深切忧虑，成为反乌托邦书写的先声。

虽然作品字里行间流露着消沉的色彩，但仍有两处极富人文之美的描写，在翻译的过程中给予我持久的温暖和感动。其一是星空。威尔斯曾多次写到黑夜中的点点繁星。例如，"时间旅者"竭力保护他所倾慕的埃洛伊人薇娜，逃避莫洛克人追赶。途中，他留下这样的感慨：

夜空晴朗，头顶上繁星点点。这璀璨的星光，令我感到一丝友善的慰藉……仰望这片浩瀚星空，我顿时感到自己面临的困境和一切尘世纷扰是多么微不足道。我心想：它们的距离是如此遥不可及，它们永不停歇地缓慢转动，从未知的过去进入未知的未来。

这让我想起前不久在摩洛哥旅行时的那个夜晚。夜幕降临在撒哈拉沙漠上，四周是无垠的沙丘，悄无声息。夏风轻拂，我躺在帐篷外的羊毛地毯上，耳边飘来"夜空中最亮的星"的旋律，而繁星就横亘在我眼前。那一刻，记忆中"时间旅者"的这段独白再次涌上我心头，在斗转星移中更添一份感同身受。

第二处就是薇娜放在"时间旅者"口袋中的那两朵白花。薇娜最终还是在与莫洛克人的较量中丧生，但在小说的尾声，两朵白花随时间机器回到小说叙述者"我"所在的此时此刻。它不仅是时间旅行存在的确凿证明，也成为来自未来社会的美好信物。尽管在威尔斯看来，异化和衰落终将是人类的宿命，然而人性中最珍贵的温情，依然会闪耀出光芒。

科幻一直是我偏爱的文学题材，既有科学的深邃，又有幻想的辽阔，既有理性的观察，又有感性的沉思。可惜在相当长的一段时间里，科幻小说与儿童科普读物混为一谈，被压抑在文学边缘的地带。殊不知，早在晚清时期，科幻就曾因为翻译而成为相当活跃的文类之一，并影响中国文学观念革新和中国社会演进。鲁迅在其1903年译介《月界旅行》的辨言中，就对科幻文学作出"经以科学，纬以人情"的概括，并宣告"导中国人群以行进，必自科学小说始"。值得欣喜的是，随着刘慈欣、韩松、王晋康、郝景芳等一众科幻作家的群体性登场，以及像刘宇昆这样兼具创作和译介才能的科幻使者大力推动，科幻文学在中国文坛逐渐掀起新的高潮，也让中国科幻小说觅得来自世界的知音[1]。

出于翻译研究者的本能以及对科幻文学的兴趣，我在翻译《时间机器》时，曾对其译介史略作一番探究。威尔斯这部小说最早的中文译本名曰《沧桑变》，于1907年7

---

[1] 顾忆青.科幻世界的中国想象：刘慈欣《三体》三部曲在美国的译介与接受.《东方翻译》，2017(1):11—17.

月3日至8月10日在上海《神州日报》连载,译述者是"译书交通公会"成员杨心一。1915年,上海进步书局又将该译本集结成书,更名为《八十万年后之世界》,与文明书局、中华书局同步发行,并在扉页上写着:

本编为英人威尔士原著著名小说大家心一先生所译以机械的作用置身於八十万年后之世界於人类之退化物质之变换——写出情节离奇中却有精确不易之理由非凿空之谈可比是理想小说之别开生面者。

因篇幅所限,对于当时翻译的动因、过程及其产生的影响不便展开讨论,但从这段提要中可以窥见彼时对这部"理想小说"(即科幻小说)的态度。"精确不易之理由""非凿空之谈可比",意在凸显其现实指涉和教化功用。

诚然,从百余年前的《沧桑变》《八十万年后之世界》至今,《时间机器》已有众多译本存在,尤其是进入新时期以来,新译屡有问世。为什么还要重译这部小说呢?翻译无定本。随着时代更迭,译作必然会因诗学变迁、审美偏好和观念角力而推陈出新,这是不争的事实。同时,我更希望通过此次重译阐释出新意,让科幻走出科普的窠臼,让更多读者欣赏科幻之美,领略其思想的高度。

最后,要感谢我的父母,和我的博士生导师查明建教授、亦师亦友的吴赟教授给予我鼓励和支持。特别感谢本书的编辑所付出的努力,让我有机会"与伟大的心灵为伍,见贤思齐"。

1902年,威尔斯在他题为《发现未来》的演讲中总结说[1]:

我们正处于人类从未曾经历的伟大转折点。此刻没有晴天霹雳,也没有开天辟地的事变——亦如黎明破晓,云雾迷蒙,平静如昔。我们不能说,"现在,一切即将开始。黑夜消逝,白昼已至"。然而,不知不觉,我们确已迎来白昼。倘若我们用心发现,便足以预见:知识日益增长,秩序不断演进,乃至人类种族的气质与秉性将得到改良。而我们所预见与幻想的一切,将给予我们衡量未来的

---

[1] H. G. Wells. "*The Discovery of the Future*". *Nature*, 1902 (65): 326—331.

标尺，以及超越想象的信念。

我想，这应该就是科幻文学之于我们这个时代的意义所在。

顾忆青

2017年9月于上海外国语大学

赫伯特·乔治·威尔斯
Herbert George Wells

1866.9.21 – 1946.8.13

威尔斯出生于英国肯特郡,就读于皇家科学院,也就是今天的帝国理工学院,师从博物学家托马斯·亨利·赫胥黎,学习生物学,深受进化论影响。

其代表作有《时间机器》《隐身人》《星际之战》《神的食物》《世界史纲》,与儒勒·凡尔纳并称为"科幻文学之父"。

威尔斯曾于1921年、1932年、1935年和1946年分别获诺贝尔文学奖提名。

顾忆青

青年译者,翻译学博士在读。
上海外国语大学助理研究员,上海市比较文学研究会会员。
先后毕业于上外英语学院、高级翻译学院,研究方向是二十世纪中国翻译史、中外文学关系、中国当代文学译介。
译有《关于英吉利国的书信》等。

时间机器

作者 _ [英]赫伯特·乔治·威尔斯　译者 _ 顾忆青

产品经理 _ 赵鹏　装帧设计 _ 何月婷　产品总监 _ 陈亮　技术编辑 _ 白咏明
责任印制 _ 刘淼　出品人 _ 刘方

营销团队 _ 欢莹　庄舒杨

果麦
www.guomai.cn

以 微 小 的 力 量 推 动 文 明

图书在版编目（CIP）数据

时间机器 / (英) 赫伯特·乔治·威尔斯著；顾忆青译. -- 天津：天津人民出版社，2017.12（2025.4重印）
ISBN 978-7-201-12480-3

Ⅰ.①时… Ⅱ.①赫… ②顾… Ⅲ.①科学幻想小说-英国-现代 Ⅳ.①I561.45

中国版本图书馆CIP数据核字(2017)第237052号

时间机器

SHIJIAN JIQI

出　　版	天津人民出版社
出 版 人	刘锦泉
地　　址	天津市和平区西康路35号康岳大厦
邮政编码	300051
邮购电话	022-23332469
电子信箱	reader@tjrmcbs.com
产品经理	赵　鹏
责任编辑	康嘉瑄
装帧设计	何月婷
制版印刷	北京盛通印刷股份有限公司
经　　销	新华书店
发　　行	果麦文化传媒股份有限公司
开　　本	880毫米×1230毫米　1/32
印　　张	4.75
印　　数	51,001-56,000
字　　数	76千字
版次印次	2017年12月第1版　2025年4月第12次印刷
定　　价	38.00元

版权所有 侵权必究
图书如出现印装质量问题，请致电联系调换（021-64386496）